沈従文

湘行書簡

Xiang xing shu jian

——沅水の旅

沈従文 著
福家道信 訳注

白帝社

『沈従文別集』(1) 総序

従文は生前、自分の作品を一度きちんと選んで、一組の袖珍本にして出したいと願っていた。特に造りが精緻で綺麗でないといけないとか、豪華で手のこんだ本でないと駄目だなどのこだわりはなく、文字が鮮明で、様式は素朴で俗っぽくなく、くつろいで読めさえしたら良かった。本は小さく、蔵書として、また携帯用に便利で、何よりぱらぱらめくって読むのに便利ならそれでよかった。八十年代初め、ある出版社から連絡が有り、人に頼んで一組編集し、出版社に渡した。しかし、宙に浮いたままとなり、実現できなかった。私は今もそれを残念に思っている。

現在、湖南省の岳麓書社が従文のために本を出したいと言うので、私は虎雛と相談し、吉首大学沈従文研究室と協同で、このような一組の選集を編集した。この選集はこれまでとは編集の方法が違う。私たちは各冊の先頭に過去の旧作以外の文章を付け加えた。雑感、日記、自己批判、未完成の作品などが含まれるが、主要なのは手紙で——すべて近年探し出して整理したもので、大部分はこれまで発表されたことがない。何はともあれ、これらの文章は当時の社会や、文芸創作や、文化史研究……に対する作者の見解を多少とも反映し、或いは、当時作者が置かれた境遇、及び、内心の矛盾と哀楽苦悶を反映しているので、これらを発表すれば、読者がもう少し広い角度から、彼の作品について、また彼の人となりや当時の環境的な背景について、これまで以上に理解を深める助けとなるかも知れない。

この一組の選集の出版は、もちろん、同時に死者と生者のささやかな願いを果たすことにもなろう。

張兆和

一九九一年十一月二十九日

訳注

（1）『沈従文別集』全二十冊（『湘行集』、『鳳凰集』、『七色魘』、『自伝集』、『記丁玲』、『記胡也頻』、『長河集』、『辺城集』、『阿黒小史』、『龍朱集』、『柏子集』、『丈夫集』、『蕭蕭集』、『貴生集』、『雪晴集』、『黒夜集』、『月下小景』、『新与旧』、『顧問官』、『抽象的抒情』）、岳麓書社、一九九二年五月。原文は『湘行集』一―二頁。

写真２　表紙絵、黄永玉（沈従文の母方の甥）の「文星街」、鳳凰県城内文星街にある沈従文故居（画面左手前）の往年の景観を描いた作品、道は石板で舗装され、石板の下は排水設備が施されていた。この街の家で沈従文は十六歳まで過ごした。

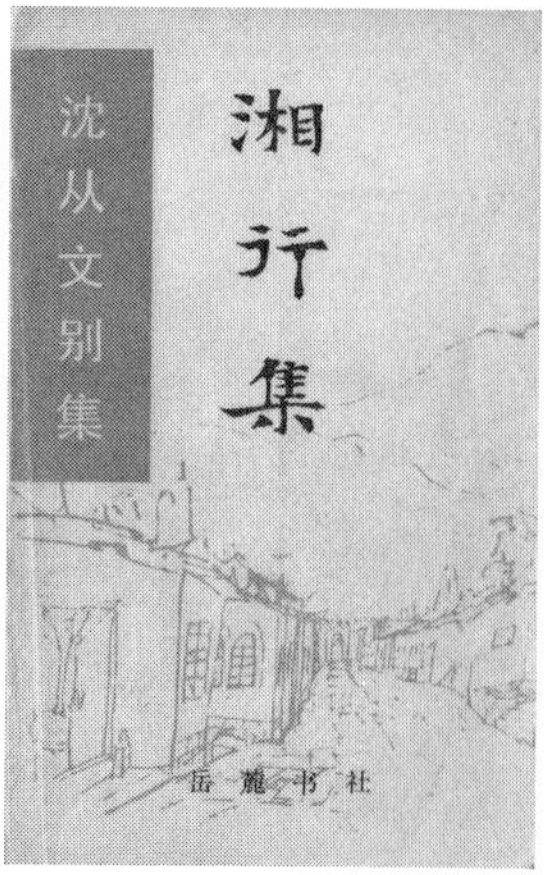

写真１　題字、張充和（張兆和の妹、訳文中の「四妹」）の書。

写真３，４　『沈従文全集一』題字は張充和（張兆和の妹)、表紙カバーの裏絵は沈紅（沈従文の孫娘）による祖父の絵。

目次

目　次

尾声

沈従文のスケッチ

写真

附録——この書簡集の理解のために

湘行書簡

沈従文

福家道信　翻訳

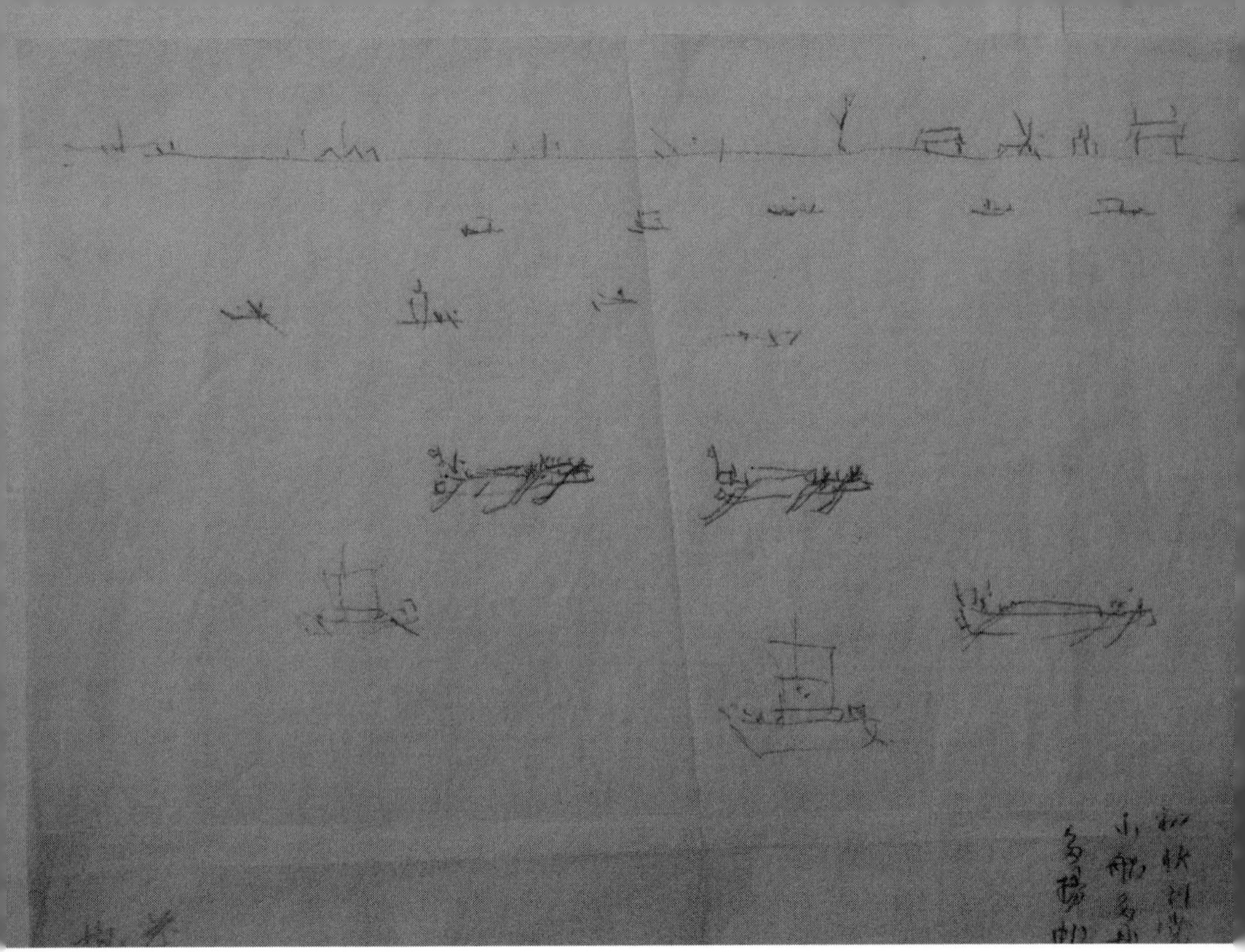

挿絵1　（常徳）

程なく常徳[1]に到着する時の、船と川面の様子。小船の多くは日常雑貨を積み、埠頭へと集中し、大型船は、多くが帆を揚げ櫓で漕ぎ、歌を歌い大声で声をかけ合い進んで行く。（本書の挿絵は原作者による[2]）

訳注

（1）湖南省常徳市。沅水（沅江）下流の都市、沅水は上流よりここまで流れて洞庭湖に注ぎ込む。湖南西部（湘西）が外界と接する土地。一九三四年一月十一日、沈従文は長沙より常徳に到着した。

（2）括弧内は原資料の整理者―沈虎雛―の言葉。この但し書きにあるように絵は沈従文のスケッチであり、文言はスケッチに書き加えられた題辞。沈従文は旅の状況や感動を張兆和に伝えるために、手紙の本文のみならず、スケッチを手紙の余白、裏面、持ち合わせた紙に描いた。標題部に括弧で記す地名は訳者による。

引子《序唱》

張兆和(1)より沈従文へ　その一

二哥《アルゴー》(2)

　ふと目が覚めると外はまだ白みかけたばかりですが、俄かにあなたがいとしくなり、胸の高鳴りが止みません。私は何もかも安心していられるのですが、ただ、道中が穏やかでないのではないか、それだけが心配です。あの道を行くのは簡単でないとあなたが言ったのですから。私はどうも年寄りじみてきたみたいで、あなたが湖南帰省を決めて以来不安でたまらず、出発後、不安はつのるばかりです。大丈夫、沈の旦那様は立派なお方なので、道中神仏の御加護があり、天候にめぐまれ、無事実家に着くに決っています、と張ねえさん(3)は言います。まあ、そう考え自分をなだめるほか仕方がありません。それでも、一日あなたが留守だとその一日の間、私は心配です。一か月留守だと一か月の間、毎朝、目が覚めた時に胸の動悸がするでしょう。ここまで思う私を心配しすぎだと仰いますか。お考えになってください。何と長い道のり、何と久しい別離でしょうか。

　きっとあなたはもう家に着いているでしょう。この手紙をご覧になる頃、こちらにも無事到着を伝える電信が届きますように。お母様(4)はあなたの姿を見ればすっかり嬉しくなって、必ず病気も良くなるでしょう。打ち合わせどおり、お兄様(5)には特によろしく伝えてくださったと思います。

昨日帰りの車の中で四妹《スーメイ》(6)が私を何度も肘でつつきました。そんなによく泣くわねと言って九妹《チューメイ》(7)と二人でからかうのです。辛かったので、家に帰り着くまでいっさい相手にしませんでした。今日は早く起きました。気持ちも引き締まっています。あなたの代りに仕事をする(8)以上、しっかりやらねばと思っているからです。手紙を書いていると、四妹はひどく私を気にしている様子ですが、コノタマゴ、タベタラ(9)と九妹が私にたずねるので、吹き出してしまいました。

道中さぞかし辛いのではないでしょうか。行った経験のない道なので私にはどんなものか見当もつきませんが、きっと苦労の多いのは間違いないと思います。

午後にはあなたからのお手紙が届きますように。

兆和

一月八日朝(10)

訳注

(1) 張兆和（一九一〇—二〇〇三）安徽省合肥に生まれ、蘇州で育つ。父、張吉友の創設した樂益女子中学を卒業後、一九二九年、胡適が校長を務める上海中国公学に入学。同校へ非常勤講師に来た沈従文と知り合い、一九三三年九月に結婚。沈従文との間に長男龍朱、次男虎雛をもうけた。兄弟姉妹の中では三番目なので「三三」と呼ばれる。

(2) 沈従文（一九〇二—一九八八）湖南省鳳凰県出身、彼は兄弟姉妹九人の中の四番目に生まれたが、二番目の男子なので「二哥《2にいさん》」と呼ばれていた。

(3) 北京の沈従文家にいた家政婦。

(4) 沈従文の母親、黄英。郷里の貢生で文廟教諭黄河清（土家族）の娘。当時、結核を患い、鳳凰県の家で病床に伏していた。

（5）沈従文の兄、沈岳霖。沈雲麓、沈雲六とも言う。沈従文の実家の長男。

（6）張兆和の妹、張充和。

（7）沈従文の妹、沈岳萌。一九二七年に母親とともに北京の沈従文のもとに来て以来、母親が湖南へ帰った後も、兄沈従文とともに都会での生活を続けていた。この書簡集では、「九妹」のほか「九九《9ちゃん》」の名前でもしばしば登場する。

（8）当時、張兆和は沈従文の小説を読み返し、沈従文に代って筆写し単行本にまとめる準備をしていた。この他、夫を助け天津『大公報・文芸副刊』への一般読者からの投稿原稿の閲読もしていた。

（9）原文「九妹問我要不要吃窠鶏子」。「窠」は鳳凰県土語の用法、一般には「果」を使うが、「這」「那」「這個」「那個」に相当する指示詞。「鶏子」は「鶏蛋」、つまり鶏の卵。北京の沈従文家では、この類の言葉は沈従文独特の言葉使いになっていた。（吉首大学向成国氏の教示による）

（10）一九三四年一月八日。前日の一月七日に沈従文は北京を出発し、鉄道で湖南に向かった。書信中の「昨日帰りの車」とは、張兆和、張充和、沈岳萌らが沈従文を見送った帰途と考えられる。

張兆和より沈従文へ　その二

従文二哥

ただ一言のせいで何もかも変るのですね。こんな時間に起きて、髪もとかさず、顔を洗う訳でもなく、いきなりペンを執って手紙を書くなど、この三、四か月以来(1)、私はしたことがありません。でも、私一人ベッドに横になって、汽車で遠方へと運ばれて行くあなたが薄灯りに照らされ赤い毛布から白い顔だけ出しているのを思うと、近くに有りそうで実は遠い色白の顔が、捉えようもなくてもどかしく、心が空っぽになります。そのためちょっとした物音も、塀の外を夜中に通る人の靴音でも、胸の中では強く響いて、うっとうしいし、空虚な気持ちになります。こんな訳で、私はベッドから起きました。計算すると、今晩漢口に着き、明日長沙到着のはず(2)で、明日以降、無事、家到着の知らせが届くまで、こちらもいっそう注意が必要です。この道を進むのは、あなたたちの話では青天に上るより難しい蜀道の困難に劣らないそうですので、それを思うにつけ出発を勧めるべきでなかったと後悔しています。途中で本当に面倒に巻き込まれたり、苦しんだり、いろいろ辛い目に遭ったら、二哥、それらすべては私のせいです。でも、思いますに、あなたが家に着けば家中興奮し、高齢で病気のお母様は心底大喜びされ、古い静かな街(3)の空気もあなたのために活気付くでしょうから、それなら往復二十六日間の苦労も無駄ではないのです。それに、それにですけれど、こちらでは二つの目と一つの心が苛立ちと期待の中で日と夜を過し、突然ある日、その日がやって来て、一人の痩せた小柄な人が戸口に近付き中に入って来る時、その嬉しさは、まあ、その嬉しさはどう表現すれば良いでしょう。でも、今からこんなことを言っても仕方がないので、こちらとそちらで辛抱強くその日を待ち、祝うべきその日が来るまで時の経過に任せる他ありません。

さて、家に到着してからの状況をあなたが教えてくださる番です。家ではどんなふうにあなたを歓迎していますか。お母様の御加減は如何ですか。お兄様は今頃あなたの言ったように両袖をたくし上げ油で光るフライ返しを手に忙しく立ち働いていらっしゃるでしょうか。お兄様とお姉様、三兄様と三姉様に私と九妹《チューメイ》からよろしくと伝えいただけましたか。わけてもお姉様は皆に代りこの十年余、お母様の世話をされたので、あの方には一番感謝しなければなりません。お姉様たちに面倒をかけすぎぬよう注意してください。家に着いた後、お母様に会う際、汚れて雑巾みたいになった袷は必ずきれいなものに着替えるのを忘れないでください。お母様の部屋の空気の入れ替えに気を付け、話の際にあの方が他所のものでは何を食べたいのか聞いてくだされば、後々郵送できます。いやもう、言いわすれた事が沢山あって、出発した後、今頃になって次々思い出しても間に合わないのですが……それから家に着いても外出は控えめに、たとえ外出しても議論などしないことです。苗族の村へは行く暇がないでしょうし、あなたの街はごく短時間で一巡りできるそうですから、もう一通りはご覧になりましたか。十五年前と比べて変った点など有りますか。

九日早朝

三三

訳注

（1）張兆和は前年の一九三三年九月に沈従文と結婚したばかりで、当時ちょうど四箇月目を迎えようとしていた。
（2）沈従文は一月七日に北京を出発した。この書信によれば、一月九日漢口到着、一月十日長沙到着となる。沈従文の第一信は一月十二日付で、すでに長沙より常徳を経て桃源に進んでいる。桃源で小船を雇い、一月十三日より沅水（沅江）を遡上する。
（3）湖南省鳳凰県、現在、湖南省土家族苗族自治州にある。沱江の湾曲部に造られた城壁の街。

（4）沈従文の弟、沈荃。軍人。兄弟姉妹全員の中では六番目なので六弟とも呼ばれている。
（5）沈従文は一九一八年八月、郷里の家を離れ、軍隊に入隊した。

張兆和より沈従文へ　その三

親愛なる二哥《アルゴー》

あなたが出発して二日目ですが、もっと沢山の日数が過ぎた気がします。天気が良くありません。あなたの出発後は強い風も吹き始め、人の弱みにつけこんで弱い者いじめをするかのように、到る所で獰猛な吠え声を上げています。今夜の十時で、木々の梢を吹きぬける気味の悪い風の音を聞くうち、もしかしたら今頃あなたは汽車を降りる頃合なのか、川を渡る最中なのか、或いは荷担ぎ人夫のすぐ後ろを黙りこんだまま、必ず歩かねばならない三里を歩いている最中なのかしらと考えてしまいます。長沙の風もこのように情け容赦なくうなり声を上げ、私の二哥に吹き付けて凍えさせているのでしょうか。この風のせいで、私は心配でたまりません。自分が今暖かい部屋の中にいるだけに、風が吹くとなおさら心の中は凍り付く思いがします。二哥はどう辛抱しているのでしょう。心配だと書きましたが、これは全く誇張ではなくて、昼間あなたの事を考えながらずっと神経を集中して一山ほどの原稿を読みました。夜になり気味の悪い風が吹き出したので何も手に付かなくなりました。後十日経ったらと思うと、あなたは十日後にはもう家に着いている訳で、家族の皆さんの喜びようを想像するとこちらまで温もりに触れる思いですが、しかしそれは十日先なのであって、目の前の十日間は何とも耐え難い限りです。こう考えると予め電報を打ったりせずに帰って来るのが、一番良いのかも知れません。道はあまりに遠く交通もあまりに不便で、手紙一通出しても届くのに十日から半月かかるのであれば、手紙を書いた時と受け取る時とでは状況が違っています。例えばこの手紙を受け取る頃、あなたはきっともう家に着き、お兄さんや弟さんと庇の下で陽に当たり暖を取っているかも知れず、また部屋でお母様の相手をしているかも知れませんが、多分、お母様といっしょでしょう。部屋には炉の炭火が赤々と燃え、いつものようにお母様が炉辺で桂圓や干し棗を炙り、甘い、良い匂いがしています。お母様とよもやま話をしながらあなたは時々お母様の服を手で触って薄着をしていないか確かめたりしているはずです。突然、あなたの三弟《サンディー》[2]が入って来て、この手紙を渡します。手紙を受け取れば疑いなくあなたは喜ぶでしょうが、封を切ると心配だの、冷えるだのと書いた文面が続き、まるでそちらの雰囲気にそぐわないのではありませんか。私も「二哥、私は全く楽しくしていて九妹《チューメイ》とはしゃぎにはしゃいで大騒ぎしましたが、数えてみると今日あなたは家に着くはずなので、晩ご飯は各自三杯食べました」と書き、そちらを愉快にしてあげたいのです。しかしそんな手紙は十日後に書く以外にないので、あなたがこの手紙を手にする頃、私たちもそちらを思って喜んでいると思ってくださったら結構です。

どうか皆様お元気で楽しく過されますように。

九日夜　　三三

訳注

（1）この数字で計算すれば、十日後は一月十九日となるが、実際に鳳凰県に到着したのは一九三四年一月二十三日（本書簡「鳳凰到着」原注）。この書簡集では沈従文の鳳凰県到着と北京帰着の日程計算が終始、問題になる。

（2）沈荃のこと。沈家の男兄弟三人の中では彼は、沈岳麓、沈従文についで三番目となるので、この呼称も使われる。前出書簡「その二」、訳注（4）参照。

沈従文より張兆和へ

1. 桃源にて(1)

三三

私はすでに桃源に着き、車内も快適でした。苗字が曾の友人(2)がここまで私を見送り、二人で酒麹屋の家に落ち着き、先ずは川辺へ船を見に行き、何艘か見た後、新しい船一艘を選び、十五元で話を決め、夜には乗船できる手はずです。今はまだ酒麹屋にいて、友人が人を相手に粗野な話をするのを眺めています。明日には上流へ向けて出発します。私はとても安心していて、その理由は道中格別の事柄など何もなさそうだからです。あの友人が何もかも面倒を見てくれたおかげで、今回の旅行は便利で面白い旅行になりました。

私にとってちょっと気に入らないのは、途中で日数がかかりすぎる点です。船の人の話では辰州[1]まで最低四日はかかり、さらに家まで九日かかるかも知れないそうで、この日数には憂鬱にならざるを得ません。これでは家での滞在が短くなるのではないか心配です。しかし日数を短縮する方法はありません。

私はこの旅行用に本は携帯していませんが、クレヨン(3)を一揃い持って来ているので、良い絵を沢山描けるでしょう。写真は郷里で知り合いや、苗族の女性を写すのに使うので、それまで無駄に使えませんので、途中では写しません。

三三、駄々をこねないで、安心してください。何もかも順調です。私だけ船上となりますが、何を見たってあなたの事が頭を離れません。

ここに来て私は昔の同窓生にも出会いましたが、この同窓生とは二十年前にいっしょに勉強した間柄です。

二哥

十二日午後五時

道で面白い張り紙を見ました。

懸賞の主こと鐘漢福、住まいは白洋河文昌閣の松の大木の下右手に有り。今、賢明なる嫁一人の行方知れず、年は十三、名前は金翠、顔短く口は大きく、一歯突出せり。たずね当て連れ帰る者、銀貨二元を賞す。大樹立会いのもと、決して食言せず。

謹告

三三

あなたに見てもらおうと思い、一字も改めずに書き写しましたが、この人物がよく勉強したらきっと大作家になるでしょう。

訳注

（1）湖南省桃源県、人口約百万人、常徳の上流にある土地。陶淵明「桃花源記」にちなんだ桃源洞があり観光客が訪れる。

（2）沈従文の友人、曾芹軒、『湘行散記』「戴水獺皮帽子的朋友」の主人公のモデル。前日一九三三年一月十一日に常徳に到着した沈従文は曾芹軒の営む傑雲旅館に宿泊し、翌一月十二日、常徳を離れ曾芹軒に付き添われて桃源に到着した。

（3）原文「苗老咪」、これは鳳凰方言の発音によるもので、「苗老妹」のこと。「妹」の字は鳳凰方言では「米」のように読む。これは鳳凰県漢族の苗族女性に対する呼称で、一般的には漢族の内部だけで使われる。（吉首大学向成国氏による）

原注

［1］辰州は沅陵のこと。（**訳注** 沅陵は沅水の湖南省内では中上流部にある都市、物資の集積地。沅水を溯上するこの船旅では一つの目安となる土地）

挿絵2（箇家渓）

これは桃源の上流に有る箇家渓の二階建て家屋で、何とすべて吊脚楼です。こちらでは惜しいことに音や声を書き表わせないですが、何ときれいな響きでしょう。今、櫓を漕ぐ人らが歌う声、川の水の音、吊脚楼で人が話す声が聞こえています。……それから私があなたを呼ぶ声も、でもあなたには聞こえないですかね。聞こえないでしょうね。私の人よ。

二哥

十三日十一時

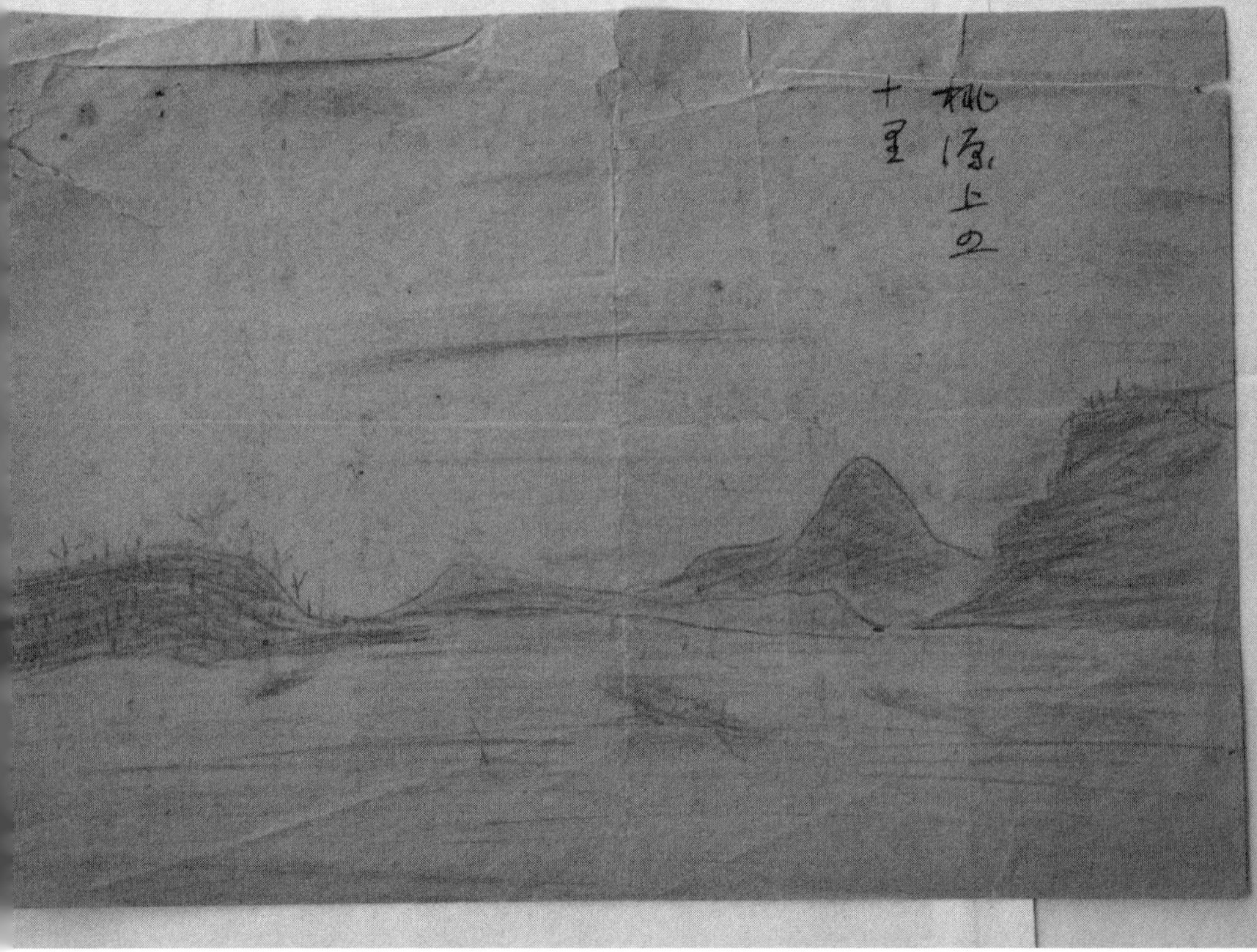

挿絵3　（「桃源上流五十里」）

こんな光景の中で櫓を漕ぐ船歌を聞いたら、一体どうすれば良いと思いますか。船歌を聞いても、あなたに伝えようがないとすれば、どうすれば良いと思いますか。三三、私の……

船歌はあまりに素晴らしいのに、私の人よ、何故あなたは私といっしょに船上にいないのですか。

十三日午後四時

2. 小船からの手紙(1)

船はゆっくりと早瀬を上りつつあり、私は船とは逆向きに布団の中に坐り込んで、万年筆であなたに長い手紙を書いています。このように坐って手紙を書くのは思ったほど疲れないので安心してください。今はもう三時ですが、まだ二時間は進めるはずで、さてどこで停泊するのか、ことわざにも「船旅で日数を数えてはならぬ、喧嘩はそばで見てはならぬ」と言いますので、とりたてて船頭たちに確認しません。多分、もう二十里《キロ》ほど進み、休憩すべき頃合に、小さな村の岸辺に停泊したら、本日は何事もなく無事終了です。船が停泊したら是非とも岸に上がり一枚絵を描かねばなりません。常徳の長い堤防を描いたあの絵は見ましたか。あの幅が狭くて縦に長い絵です。ここでは小さな川の両岸は何もかもすべてが美しく感動的で、それらの姿形の輪郭を描くのはできても、音声、色彩、光となると、私には描き出す力など永遠に望めそうもありません。この小さな川をあなたは絶対見に来るべきで、一度ここを見たら、私よりずっと多くの収穫をあなたは得るかも知れず、夢でも想像できない光景が、この船に乗ればはっきり眼前に広がります。この時期でも両岸はまだ緑の木々と青々とした山が続き、水は透明でまるでそれ自体がないかのようですし、二人の人夫に曳かれて小船がそのような澄みきった水の中を上流へ滑らかに進み、川底はびっしりと様々な色と模様の石で一杯です。舵取りがわが意を得たとばかり嬉しげに唇をつぼめて笑みを浮かべるので、彼に聞きました、「苗字は」、「劉でさあ」、「この川で船を漕いでどのくらいに」、「今年で五十三だ。十六歳の時には船を漕いでいた」。さあ、三三、この数字を計算してみてください。この人物は凄い人で、四百里《二百キロ》にわたる川の道筋や、増水時、渇水時の変化について全部分かっているのです。この川に一体いくつの早瀬があり、いくつの淵があるのかも彼は知っています。あの様子では、ちょっと形容を試みるなら、この川にどれだけ岩があるのか、その数まで知っていると言って良いでしょう。確かに、ある程度以上の大きさの岩や、通称をもつ岩に関する限り、彼の知らない岩はないでしょう。船の男は合計三人で、舵取りが船尾にいて舵を操り、苫の上げ下げを取り仕切り、引き綱の伸縮を調節する以外に、前の船首部分にも二人います。そのうちの一人は子供で、一人が大人です。二人の仕事ですが、船が早瀬にさしかかると、急流に向けて竿を挿し、右手にまた左手にと竿を使い、先端の金具が水中の岩にぶつかると気持ちの良い音が響きます。長い淵に来れば櫂を流れの中に下し、腰を丸くかがめては長い櫂を前後に動かし、水をバシャと撥ね上げるのですが、その音は深みが有って静かで優しくやはり良い音です。流れの激しい早瀬に出ると二人とも引き綱を肩にかけて船を引き、もっと流れが強くなると、力が要るので全身を河原に伏せ、手足双方を使って這いながら進むのです。船は新しい船で、ペンキで黄色に塗り上げ、教会の祭壇に使えるほどきれいです。私が寝転がっている場所は少し低いので、船底を水が流れて行くかすかな音が聞こえます。船艙前部とは板で間仕切りをしていますので、私は風に吹かれないですみます。船尾にいると、およそ船の後方にあるものは、天、地、水に関係するすべてが見えます。こんなふうにして私は水を見ながらあなたの事で頭が一杯です。自分が楽しい時はあなたといっしょに楽しまなければと思いますが、気が塞いでいる時に、あなたにまで同様に感じて欲しくはありません。私は船の親方とご飯を食べますが、あなたもいっしょならどんなに良いかと思います。少なくとも後七日、船で過さねばなりませんが、これには下りを計算に入れていません。お聞きしますが、この七日をどうしたものでしょうか。天気はすっきりせず、太陽は見えないし、空は灰色に曇っていて、少し遠方では岸辺の小山や木々など、何もかもが薄い一層の霧に包まれ、写真を撮る訳にもゆかず、絵を描くにも適していません。船の進み具合からすると、船中での書き物はできそうで、幸いにも、私が作品に書くのは水に関係の有る事柄ですから、船中は打ってつけです。作品の執筆にも場所の選択が有るとすれば、今いる場所は最適です。しかし、あなたとこんなに離れて、どうして文章など書けるでしょうか。「作品を書くのが無理なら、手紙を書こう」。そう考えた次第ですが、これならやり通せるでしょう。毎日、四枚書くのは可能ですし、四枚書いても終らないなら、もっと書きます。私のこの手があなたから遠く離れてしまった以上、このようにして、この手に少々辛い思いをしてもらう他ありません。

もう少し船について書きましょう。今、この船は早瀬を上っている最中で、舷側を白波が猛烈な速さで過ぎて行きますが、そんなのは怖くなく、私にとって船上で心配なのは寂しさだけで、それを除けば他に何も怖いものは有りません。ただ寂しいのだけは私にはどうにもなりません。でもこれも自分を訓練する良い機会です。自分で分かっているのですが、私のような人間にとって、あまりに素晴らしすぎるのは向いていないので、あなたの近くにいる時、しばしば心底あなたをあきれさせてしまいます。それはあなたの気持ちを度外視したせいですが、私がそうなる理由は、ほかでもなくあなたがあまりに私に良くしてくれるからで、私は良い気になってしまうのです。しかし、あなたが腹を立てると、即刻私は改めます。今は、一つの事情が有って二人は離れ離れになり、別離により私を訓練する羽目になりましたが、私にはあなたがどれほど私を支配し、私のすべてを決定しているか、よく分かります。あなたと話がしたくてたまらないので、布団に頭を突っ込み、じっと目を閉じています。ほら、この小さな船は素敵でしょう。ねえ水の音は何とも優雅でしょう。聞こえるでしょう、船がギーと軋んでいますが、あれは船が語りかけているのです。船はこう言っています。「二人ともおしゃべりを楽しんでください。舵取りは気にしなくて良いです。彼の仕事は川の水を見張り役で、彼はそのため忙しいのです」。船が本当にギーと軋みました。でも、私は今、誰と話したら良いのでしょう。興覚めになりました。

夢の中で私を追いかけて来てください。私の船は黄色の船で、船主の名前は「童松柏」、桃源県の人です。ともかく夢の中で追いかけてください。私の描いたあの小さな堤防に沿ってまっすぐ西へ進めば、川に沿って何千隻何万隻の船が浮かんでいようと、きっとあなたには私の船が分かります。この土地の犬は心配しなくても人に噛みつきせんから、夢の中で犬にびっくりしてはっと目がさめるなどしないでしょう。

あなたたちの用意してくれた掛け布団は、下がひどく薄く、上は硬すぎるので、身体が温まらず、旅館に泊った時からこれでは不十分だと感じていたのですが、乗船して以降、もっとひどい有様です。身体を覆う掛け布団が大きいくせに暖かくないとは、選りによって、どうしてまたこんなものを旅で持ち歩かねばならないのでしょう。常徳で燻製のレバーを一斤《〇・五キロ》、ベーコンを半斤買ったのが、船上での食事には重宝です……おっと、食べ物の話をするのは止めましょう。船を漕ぐ歌がまた耳もとに響いていますが、何と美しい響きでしょう。

私たちの船ではご飯を炊いていて、煙もそうひどくありません。食べるのは玄米で、美味しくて良い味がします。残念ながら豆腐乳を持って来るのを忘れ、北京の醤油漬けも持って来るのも忘れました。思いもよらず旅行は順調で、初めからこうと分かっていれば北京のお宝をもっと沢山持って来て、「本物の宝物」として人にあげられたはずですね。

今頃あなたは机に向かって仕事中でしょうか。

山と川は実に美しく、あなたがここに来て船艙に坐り、窓からあの幾ばくかの紫色の小山を眺められたらと思います。あなたに木の筏を一つ見せたらきっと驚くでしょう。その筏には野菜まで植えてあるのです。あなたが来て私の手を温めてくれたらと思います……

（十三日午後五時）

訳注

（1）『湘行書簡』の各書簡の標題は、この一通のみ沈従文が記した以外は、すべて整理者―沈虎雛―による命名。

挿絵4（曾家河下流）

もうしばらくすると私は蠟燭をともしての夕食になります。

曾家河よりわずかに下流の所で。

一月十三日午後五時半

3. 曾家河(1)に停泊――三三独占読物

私の小船は今曾家河に停泊しています。何百隻という大型船の中にあって、この船は全く小さな存在です。夕食をすませましたが、食べたのは唐辛子とニンニクと豆腐乾です。自分用の良いおかずと水夫らの質素なおかずを交換した訳で、私にも彼らにも好都合です。私はずいぶん食が進みました。食事の後、前部船艙との隙間を紙や布でふさぎ、後部船艙内に敷布を幕のように垂らし、それでも風の入る所はナイフを使って布を詰めこみ、これで私用の「一人部屋」が出来あがりです。

手紙の文字の整い具合を見れば、船上での仕事がやりやすくなったのが分かるでしょう。今、枕に寄りかかって、何もかも話す積りでこの手紙を書いていて、腕時計のカチカチ鳴る音が耳に入り、隣船から人の話声が聞こえ、岸では犬が吠えています。とても楽しい気分です。こうして静かにあなたと話ができるのですから。いや「楽しい」と言っても満ち足りているのではありません。何もかもたとえようもなく素晴らしくとも、あなたがいないと駄目です。私にはあなたが必要で、二人いっしょにこの小船にいるのでないと意味がないです。感覚で分かるのですが、私の船はかすかに軽く揺れています。まるでこれは揺りかごも同じで、人を安らかな眠りに誘い、安らかな夢が見られるでしょう。でもすぐに寝たくありません。むしろ、この小船の船艙でうっとりと坐り込んで、あなたが私に与えた素晴らしさのすべてを復習しているのが良いでしょう。三三、時刻は何とまだ七時三十分、そちらではまだ食事を始めたばかりかも知れません。

私にはこの川を褒め称えること以外、全く言うべき事がなさそうです。さあ、こちらに来てください。夢の中に来てください。先に確か私は寒いと言いましたね。どうぞご心配なく。私はもう寒くありません。布であちらをふさいでからすっかり暖かくなりました。理想の家とはこんな家でしょうし、本当の空気とはこうした空気です。全く残念ながら、あなたはいっしょに来なかったからここにはいません。

横になってあなたのことを考えていたいので、この一枚が終ったらもう書くのを止めましょう。あなたにはこの手紙から櫓を漕ぐ人の歌声が聞き取れるのではないでしょうか。今この手紙は耳に快い歌声の真只中に浸されています。

私のことで心を痛めないでください。あなたを思う気持ち以外に旅行中、耐え難い問題は何も有りません。互いに離れ離れになったからには、これぐらいの辛さは当然で、同情の必要はないのです。

二哥

一月十三日午後八時

訳注

(1) 曾家河は沅水下流域の地名、現在も同名。
(2) 原文、「我想睡到来想你、……」、鳳凰県、及び湘西各所で使われる方言的言い回し、普通話では「我想躺下来想你」に相当する。(吉首大学向成国氏による)

4. 水夫たち――三三独占読物

ひどく冷え込みます。昨晩、船は曾家河で停泊したのですがよく眠れず、何度も目が覚めました。寒くて目が覚めるのです。目が覚めるとしばらくは眠れず、何回かマッチをすっては腕時計を見ました。毛皮の上着を上から重ねても効果はなく、家を出る際に敷布団を持って出なかったのを後悔しました。

眠れずにいるうち様々な考えが思い浮かび、もし少しでも雪が降ってくれたらと思いました。一般に南方では冷え込みがきびしいと必ず雪になり、いったん雪が降り出せば寒さは緩むのです。夜明け頃、船の篷がさらさらと音を立てて「雪だ」と人の声がしました。天気については忘れてしまって、私は頭の中で雪景色の情景を思い描いていました。その後、空が明るくなって、ふと見れば、雪はもうずいぶん沢山降っていて、天候が好転しないため、どの船も出発できません。この気持ちは分かってもらえるでしょうか。中途で足止めになるのは何とも気持ちが焦ります。こんな具合で停止して進退窮まるのは耐えられません。私の船は貸し切りで、日数にも限りが有り、出発しない訳にはいけません。それで彼らのために魚を数斤買い求め、この数斤の魚のおかげで船は活気付いて前進し、今はもう停泊地から二十数里《十キロ余り》の所まで来ました。寒さはあい変らずきびしく、船はこれまでどおり竹棹と櫂によって前進し、両岸は白一色の世界で、川の水は澄みきって玉のようです。何もかもすべてが素晴らしいです。私にはあなたが必要です。二人でこの小船に乗っていればどのような不安も有りません。でも南方でこれほど寒いのですから、北方では凍り付いてどんな有様になっているのでしょうか。あなたがひどく寂しいのではないか心配ですし、誰かのせいで、或いは、何かのために苦労しているのではないか心配なので、私は仕事が手に付きません。この船は今日どこで停泊するのか、私には分かりませんし、水夫たちにも分かりません。今は十二時で、両岸では鶏が鳴き、犬が吠え、人が罵声を浴びせる声が聞こえますが、今頃あなた方は食卓に向かい昼食を食べていると思います。そちらでもたぶん私を思い出しているでしょうね。私の心が乱れています……

今日は寒すぎて、私の絵も着手できません。掛け布団に坐り込んだまま私は筆記帳を膝の上にのせ手紙を書いていますが、こうして書いてはいるものの楽しい気持ちになれません。私は急いで家に着き、また急いで北京まで戻らねばならないのに、思いがけずも、この小船が進むのは何とも遅いのです。天気がこんなに寒いのに三人の水夫には水の中、風の中で船を動かし溯上してもらわねばならないのですから、申し訳ない気持ちです。彼らを元気付けるのは簡単で、夜、それぞれに肉を半斤ずつ奮発すれば、この船は水面を飛んで進みます。ですがこの私はどうすれば良いのでしょう。三三、ほんとうに自分でもどうすれば良いのか分かりません。少しばかり原稿を書きましたが、途中で続けられなくなりました。自分の本を一通り校正しましたが、どうも平凡な内容しか書いていないようで、注目するほどではありません。四丫頭《スーちゃん》(1)の写真とあなたの写真を眺め、四丫頭の文章に筆を入れる件を思い出しはしましたが、まだ完成の見込みがたたず、さぞかし遠方の作家候補は私を恨んでいるでしょう。鏡を覗き込めば、そこに映った私は何ともひどく痩せてしまって驚きます。確かに、体がこれだけ痩せていては家族と会った時に何とも具合が悪いです。家に着くまでに少しは太りたいですが、ひどい天気だし、船足は遅いし、あなたとはこんなに離れているので、太るなど考えられません。この調子で進めば旅行は二十数日かかるかも知れません。

私は胸の中では焦っています。しかし私が焦っているのをあなたが辛く思う必要はありません。船上の一人はもともと少々苦しい目に遭うのが当然なので、楽しみは私が戻るまで取っておいて欲しいですし、涙と怨みつらみの一切も私が戻るまで取っておいてください。今はやはりしっかりと仕事をして、しっかり生活しましょう。

私の手紙は順番どおりには到着しないと思いますし、何通かは到着しないのではないか心配です。平漢鉄道(2)の車中から出した六七通の手紙は大体どれも駅の巡査に投函を頼んだので、巡査たちは手紙を紛失せずとも、ポケットに入れたら二三日はそのままかも知れず、長沙からの手紙が届いているのに、河南からの手紙はまだ来ない場合もあるでしょう。

櫓を漕ぐ水夫らの歌がまた聞こえてきました。本当にきれいな歌声です。しかしきれいであればあるほど船上にあなたがいないのが余計、残念に思えて……

三三、今日であなたと別れて一週間になります。旅の人間には日数の経つのが実に遅く感じられます。それはこの一週間、汽車の旅で疲れるせいでも、寒さが辛いせいでも、また粗食が身にこたえた訳でもなく、ただあなたがいとしくて苦しいのです。

途中での魚は素晴らしく、大きくて活きの良いのが、一斤《〇・五キロ》で一角二分、水で煮込んで食べるとこれが実に美味しいです。もともとこの川では良い魚がとれ、その一番は草魚で、海の魚のように美味しいのですが、食べた経験のないあなたにはその好さは想像できないでしょう。

船は停船し、本当に静かです。あまりの冷え込みによって、すべての音が凝固したみたいで、ただ船底の水音だけが、ほんのかすかな響きを立てながら流れて行きます。その音をそれと感じ取るのは、ほとんどもう耳ではなくて、ただ想像だけがそうさせるのでしょう。しかし、実際に音は聞こえます。水夫らは火に近寄り、無言で暖を取っています。

船の男らに関しては、全くいろいろ言う事が有ります。三人いる中の二人の水夫は一言しゃべるたびに、言葉の前か後に罵詈雑言を添え、この一日で私は彼らから罵り言葉を三十覚えました。彼らが罵り言葉を言うのは符号を操るのと同じで、前に置くのか後に置くのか、使い方は手が込んでいます。もし使わなければ言うべき本文も曖昧模糊となります。不思議に思うのですが、彼らはこのような罵り言葉をどこで覚えるのでしょう。

船は再び動き始め、この船の舵取りと水夫らが船をどう進めるのか、天気の話をしていますが、こちらで試しに数えてみると、十九回しゃべった中で十七回までがひどい言葉使いです。まるで今生の不満を全部これらの言葉で発散しないと病気になりかねない感じです。彼らにうっせきした不満に触れようとすると、私はこういった人々の生活を考えてしまいます。今回この小船に乗るに際して、目的地まで十五元で行くように話をつけました。食事は主食のみで一日銅貨一千文、銀貨では一角四分です。およそ七日で向こうに着くとして、船では三人の人間が働き、親方である舵取りは陸の船主に船の借賃五元払うのを差し引くと、水夫らに回るのは多く見積もっても二元です。かりに二元とすれば、一日わずか二角少々。こんな雪の降る日に二角で彼らに夜明けから日暮れまで船を動かす仕事をさせ、水中に入らねばならない時は即刻水中に入れと求めるのは、ねえ、何と不公平ではありませんか。でも、こうした水夫はこの川には少なくとも三十万人はいて、彼らは力を出せる間は力を金に換え、年を取れば死ぬのです。彼らの希望は飯を一善でも余計に食べ、肉を一切れでも余分に食べ、船が着岸して金を手にすれば、吊脚楼の女の身体にそれを使い、一回二回と通えば金はなくなり、その頃船も流れを下って行きます。天候に寒暑の別が有っても、これらの人々の生活は永遠に同じです。彼らも人間ですから不愉快な時も有って、船が浅瀬に乗り上げるとか、寒さ暑さがあまりにきびしいとか、船を雇った客が理不尽な要求をする時などがそうです。また、彼らは腹の底から笑って喜びもし、順風に帆を揚げるなり、また酒や肉にありついた時とか、女性に関して品の悪い話をする時などがそうです。彼らも人間ですが、われわれ都会の所謂「人間」とは何と大きな隔たりがあるではありませんか。これらの人たちがしゃべっているのを見るなり、これらの人たちに近づく機会があれば、たちまち私には一つの考えが思い浮かび、つまり、一度、彼らのことをしっかりと書いてみたいと思うのです。私が取りかかって書き始めれば、必ずうまく書けるはずです。しかし私は総じてなお力量不足ではないか不安で、その理由は、そもそもこれらの人々はあまりに大きすぎるからです。三三、こうした船乗りを見たら、あなたもきっと興味を抱くでしょう。船乗りには多くの種類が有りますが、中でも活発で面白く、勇敢で、きつい仕事に耐えるのは麻陽出身の水夫で、彼らの多くは歌がうまく賑やかなのが大好きで、仕事をすると一途にのめり込んで手を抜かず、ちょっと愚鈍な感じさえしますが、同時に愛すべき野性味が有ります。麻陽の人間は操船を生業とし、辰河の川沿いに少なくとも二十万人の麻陽の船乗りがいるはずです。これらの人々の良さは一人の人間が言葉で説明しように(3)も説明しきれず、あなたがここに来て、直接目で一目見れば私の言葉を信じてもらえるでしょう。いずれ私が川を下る際には、麻陽船を雇おうと思います。

三三、あなたがこのような小船に一度乗れば、文章もぐっと良くなるでしょう。何故なら、船の上であなたは沢山の物事を学べるし、川面からもずいぶんいろいろなことを学べるし、両岸からもたっぷり学べるからです。私が帰る時にはあなたのために水夫の写真を撮らないといけませんし、吊脚楼に住む田舎の若い娼妓たちの写真も撮らねばなりません（フィルムが少なく、家に到着後、使いきってしまうのではないか心配です）。これらの人々は実に愛すべき人間で、きっとあなたは好きになります。

書いているうちに首がしびれてきましたが、坐る場所が悪かったせいで、ちょっと休み、夜、蠟燭の前で、また話しましょう。

二哥

十四日午後一時

訳注

（1）張充和のこと。
（2）北平（北京）と湖北省漢口を結ぶ鉄道。
（3）沅水中流域一帯を指す。

5．興隆街[1]に停泊

船はある所で停泊していて、名前を「興隆街」と言い、高い山に雪が積もり、遠方の村と引き立てあって、全く空前の奇観を呈しています。カメラを持って岸に上がり写真を一枚撮りたいですが、霧雨が降り続いて止みそうになく、岸に上がるのはあきらめました。今、時刻はまだ三時四十分で、日暮れにはまだ間が有り、雪は降らないものの雨が降っています。私の体は冷えきっていますが、手は痺れていません。南方の寒さは北方と異なり、南方では寒さが湿気を含んでいるから何とも嫌になります。厚着をして防げません。火で暖をとっても効果が有りません。

私たちの小船はご飯を炊くために煙が船中に広がり、このままでは私は目が燻されて変になるかと思います。今、こうして煙の中で手紙を書いています。そして手紙を書きながら同時に、麻陽の人の船歌を聞いています。船は進むのが遅すぎて、これでは毎日がやりきれません。上流の人間は一日が二日になろうと日数は気にしませんし、船の人間には日数の意味など分かりません。天気はこんなに寒く、私も口に出すのは気が引けます。しかし一日延びたら上流で滞在するのも一日減るので、お分かりでしょうが、私は何ともやりきれません。

また、あなたにお伝えしないといけないのは、今日は私の誕生日[2]です。これは滅多にない誕生日で、私は一艘の小船の上であなた方を思い、そちらは日数を数えたら、今日が私の誕生日だったと気付くのです。あなたと話したいけれどできるはずもなく、みんなでにぎやかに楽しむのも無理です。それで、水夫たちと話し込んで、あれこれ質問するうち、彼らはお腹を抱えて大笑いとなりました。私は彼らのために三斤《一・五キロ》、肉を買ってごちそうしました。しかし、彼らは私がどれほどじりじりしていて、日程のことで頭が一杯なのか、全然知りません。それなら自分で一つポートレイトを撮ろうかと考えましたが、撮りようがありません。こんな時、どうすれば良いのか私には分かりません。実際どうすべきか見当が付きません。

三三、あなたなら私の手紙の乱れを見れば、私の心の乱れまですぐ分かるでしょう。書く気が失せ、ものを言う気になりません。手が冷えきって、あなたの手で握ってもらわないと……このだらだらと続く日々をもて余さずにいるのは全く容易でありません。持参した本はどれほどもなく、絵を描くのにと思っていた紙は使い勝手が悪く、天気は悪天候で、写真を撮るにも具合が悪いです。仕方なく船艙に逃げ込んで紙を膝の上に置き、あなたに手紙を書きます。三三、別離が若い人間にとって耐えられる代物でないのが今頃やっと分かってきました。あの時私たちは間違ったので、来るならどちらも来るべきでしたし、来ないなら二人とも来ないようにすべきでした。今まだ四分の一の別離なのにもう耐えられない有様で、まだ二十日有るのをどうやって過しましょうか。

十四日　四時三十分

訳注

（1）沅水中下流域の地名、現在も同じ。

（2）沈従文の誕生日は、清光緒二十八年（一九〇二年）旧暦十一月二十九日。

6．河岸の街の想像

三三、私の心は不安定で、自分で予定していた計画のようにうまく手紙を書こうにも書けません。もし私たちが二人でこのような一艘の小船にいるなら、必ず私は沢山の素晴らしい詩を書けるでしょう。

われわれの小船は二艘の船の脇に停泊していて、小さな石の河原を上がれば私の最も好きな吊脚楼の河岸の街です。でも残念ながら雨は降りやまず、河岸の街には遊びに行くのは無理です。しかしこういう河岸の街は私には想像で頭の中に思い描けます。肉屋が有り、雑貨屋が有り、女たちは籠火鉢で手を炙り、見慣れない人間が現れると小声で何か話します。街では紙銭が特産品で、つまり燃やすための紙銭ですが、この種類の紙が作られる以上、紙銭を売る店も多いはずです。街にはまた小さな衙門《やくしょ》が有り白い旗を掲げ、保衛団第何隊と書いてあるはずで、隊長は必ず紺の緞子の馬掛《ベスト》を着込んだ人物です。このような河岸の街を私は沢山見て来た訳で、街は私に数多くの知識を与え、水辺を書いた大部分の私の文章は、河岸の街で知り合った人々から得た見聞をもとにしています。私はこの種類の場所とこれらの人々を愛しています。彼らの生活の単純さは、永久に私を少々憂鬱な思いにします。私は彼らとかくも「親しい」間柄なのです――一人の中国人として彼らに特別な興味を持つ人間がいるとすれば、私はその一番目に数えられる人間だと思います。しかし、同時に私は彼らとはかくも「見知らぬ」間柄であって、彼らと暮らそうにもそれは永遠に実現せず、本当におかしい話です。私がどれほど彼らを愛しているか、五四運動以来、彼らを取り上げて対象としたのは、今も私が唯一の人間ではありませんか。

私の船が停まっているすぐ上方には「柏子」(1)に書いた例の物が有り、あれら足の大きい女たちが窓から船乗りに声をかける姿も見られるでしょう。私には彼女らの生活が推測できますし、私の推測は間違っていません。

四時

夕食をすませましたが、干し豆腐の肉炒めと、燻製レバーを食べ、全部食べ終った後、鶏の卵を二個ゆでました。私はご飯を食べすぎないように控え目にしていて、その理由は米が硬く、十分消化されないからです。船の中で痩せてしまうと、家に着いた時見た目が良くあるまいと思いますが、この調子ではどうしても痩せてしまいます。スープを飲みたいと思っても無理です。野菜を食べたくとも、それも無理です。甘いものが欲しいけれど、これも手に入りません。果物は常徳で梨と金柑を買って来ていますが、これらは食べることがなく、どちらも冬の船中で食べるのに適していません……魔法瓶もなく、おやつもなく、今はじっと我慢するしかありません。

また素晴らしくきれいな歌声が聞こえていて、本当に美しいです。今度は子供の声が先頭になって歌い、特に可愛い声で、格別にきれいです。あなたがこれを聞いたら、一生忘れないでしょう。全くもってこれは詩です。最高に耳を楽しませてくれる音楽です。二哥《アルゴー》は器用さが足りず、絵に描くことも、文字に書くこともできません。三三、この川に一番多いのは歌声で、麻陽の人間は歌声を食べて育ったみたいです。川を下る時はやや大きな船に乗れたら、船の中でこの歌を覚えられます。

十四日午後五時十分

訳注

（1）沈従文の短編小説、『小説月報』十九巻八号（一九二八年八月）掲載。「例のもの」とはおそらく吊脚楼のこと。

7. 麻陽船を思う

時刻はまだ早いのに水夫たちは早々に船を停泊させてしまいました。水面の歌声は実に美しいのですが、歌声を聞いている間も寂しさは解消しません。私は心の落ち着きを失っています。ここで念のためちょっとお知らせしておきます。第一頁から数えてそちらではこの通信を四十頁まで受け取るはずです。

今はちょうど五時二十五分で、先程まで櫓を漕ぎながら歌う歌が聞こえていたあの大きな船は私の船の近くに停泊し、大勢の人が罵り合う声や、何本もの棹が浅い水中に打ち込まれて岩にぶつかる音が聞こえ、誰かが大声で怒鳴っています。三三、あなたなら「口喧嘩」が始まったと思うでしょうけれど、そうではありません。心配など不要で、彼らはあちらで「話をしている」だけです。彼らの会話は何時どんな時であれ粗野な言葉なしではすまされず、重要な場面ともなれば言葉の前後それぞれに罵り言葉を差し挟み、それでようやく物事は滞りなく行われるのです。この種類の言葉のやりとりは父親と子供の間でも避けられません。しかしながらこれは下品な人間のすることだと考えてはいけません。彼らは粗野な言葉を使いこそすれ、品位を損なうような行いはしません。人間としては全く真面目そのものです。船の掟はきびしく、禁忌が沢山有ります。船上で客の夫婦が羽目を外すと、肉を買い神に祈らねばなりません。水夫らは岸に上がって羽目を外し楽しみたいと思うものの、それは着岸の後でなければなりません。彼らの生活は禁欲的で、正に厳粛そのものと言えます。

船の中で一番美しいのは麻陽船をあげるべきでしょう。大型の麻陽船には「鰍魚頭」と「五艙子」とが有り、桐の油を二千籠も積載し、櫓の漕ぎ手の人数は三十人、舵取りは船尾の高く楼になった部分に陣取り、早瀬を下る時は壮観そのものです。このような大型船に一度乗った経験がありますが、船にはベッドやガラス窓も有り、どこもきれいに磨いてありました。もう十四年が過ぎましたが、今もこの船は私を夢中にさせます。その次は小船ですが、ほかでもなく今、私が乗っている「桃源劃子」がそうです。もっとも私は選りに選ってものぐさな人たちに当たってしまいました。彼らは私にはどうしようもありません。この調子では家まで十日はかかりますので、この日数に北京から桃源までの四日を加算すると合計十四日です。川を下る時は二日短縮できるかも知れませんが、もうこうなっていますので、家ではせいぜい四日しか泊れません。私は運悪くこのような小船に出会ってしまいましたがこれは決して口に出せません。彼らが早々と船を停泊させるのを見ていると、どうして良いのか分かりません。決りによれば船を停泊させるのは彼らの自由なので、いろいろな事情にかこつけて、船を動かせない理由を彼らは並べ立てます。私自身は、天気が寒すぎますし、彼らに水の中で辛いのを我慢しろとまでは言えません。しかし他人が辛い目に遭わずにすむために、私がそのぶん余計に辛いのを我慢しないといけないとはどうしたものでしょうか。

私は先には自分が寂しさに耐えられる人間だと思っていましたが、私たちがいっしょになって以降、私はあなたから離れられない人間になってしまったのが今、分かります……三三、あなたのことを思うと、目の前の一切が耐えられません。今の私は、以前あなたから手紙の返事を待ち続け、いっこうに返事をもらえなかった時の状態にそっくりです。ものを殴るなり、怒鳴り散らすなり、体を寒風にさらして全身を凍らせるなりしたい気持ちです。私には自分があなたから離れれば離れるほど、逆にあなたに接近するのが分かっています。でも駄目です。あなたといっしょにいるのでなければ、この私の心は安らかにならないし、仕事もまともにはできません。何とかこの長い日数を利用して小説を一編書けないかと試してみましたが、頭の中は様々な思いが入り乱れ、どんなにしても結局何一つ書けません。

一月十四日午後六時

8. 柳林岔(1)を通過

十五日午前九時三十分

昨日の夜も私はよく眠れず、何が原因なのか、何度も目が覚めました。船が進むのが遅く、そのために苛立ちます。しかし気温がこう寒くては、水夫に水の中に入って船を引けと促すのもためらわれます。昨日私は全く寒いと書きました。ところが今日はもっとひどいのです。

今朝、船が出発した時刻はまだ七時前後でしたが、小粒の硬い雪が降り出して、甲板にも苫にも豆を撒き散らすように降り付け、棹や櫂の握り手は凍り付いて氷の角が出来ています、それでも船は早瀬を溯らねばなりません。今日から私のこの小船は時々刻々、早瀬を溯行して行かねばならず、およそ百個所近い急流の早瀬が行く手に待ち受けています。

今はもう十時で私たちは朝食をすませ、船は前方へと進んでいます。日数を数えると、あなたと別れて八日になります。私の手紙はかなりの分量になったので、辰州(2)に着いたらすべて郵便で送る積りです。あなたが苛立っているのは分かっていますが、今これらの手紙を郵便で送ろうにも送りようがありません。

途中で過す日々について、出発時の私たちの考えでは、ともかく危険が待ちうけているのではないか、それが心配に思われました。今、私にはっきり分かりましたが、途中に危険はありませんが、しかし寂しくてたまりません。一人きりで、六尺四方の船艙に坐って、厚さ一寸の板の下はとめどなく水が流れ、風雪がひどくなれば随時に停船します……私たちの船は折り悪しくもこのような風と雪のひどい天候にぶつかってしまいました。

船はまた停止しました。気が気でないのがお分かりでしょう。船はちょうどとある土手の下に泊り、すべての音が消えた中、かろうじて船底を水が流れて行く音だけがしています。遠方の雪は白一色で、天気は非常に寒いです。水夫らはこれでは申し訳ないと思ったのか、罵り言葉を吐き捨てるなり岸に飛び上がり、引き綱を引きに行きます。そのような彼らの後ろ姿を見ていると、私には言いようのない同情が込み上げ、急かすのも具合が悪く感じられます。

船が動き始めたので、私は船艙の外に坐り彼らが船を引くのを半時間見ていました。雪が濃密に降っています。本当に寒いです。雪が柔らかい雪になればしめたものですが、目下そのようになる気配は有りません。このまま進めば桃源から浦市(3)まで七日を超え、成り行き次第では十日以上かかる可能性も有ります。この予定の日数が少しでも超過すれば、私が北平に帰る日も必ず延びます。私が焦っても、あなた方が待ち望んでも、ともにこの行程の短縮はできません。道が遠すぎます。

あなたは仕事をしっかりやって、私のせいでいらいらしたり、心配したりしないでください。私の計算ではこの手紙があなたに届いてから、遅くとも十日ほどで私も北平に帰ります。この手紙は辰州から出すしかないので、私は辰州から浦市まで二日かかり、浦市から郷里までさらに輿に乗って二日かかり、家で三日か四日過し、川を下って北平に着くとなると十一日かかります。まとめて計算して、それらの日数からこの手紙の郵送に要する日数を差し引くと、あなたの手元にこの手紙が届いて十日後に、私も北平に着けるのです。この計算で良いはずです。

非常に寒く、私は手もしびれてきましたので、しばらくしてからまた書きます。

十五日十一時十五分

三三、私たちの船は帆を揚げたので、もう人間が岸に上がり船を引くこともなければ、凍りついた棹や櫂を手で操る必要もなく、自然に水面を走って行きます。船足は速く、安定しています。水夫らは火のそばで冗談を言い合っています。私は半時間ほど彼らの話を聞いていました。

今もまだ帆を使っていますが、風が強くなり、そのせいで船は斜めに傾いています。あなたがここに来たら怖くて叫び声を上げるでしょう。何しろ船全体が水上で傾き、船のへりから水面まで一寸もありません。しかし心配は不要で、この船はそう簡単には浸水しません。この小船の長所はこの点に有り、川を上るのも下るのも全く危険がないのです。重量が軽く、小型で、喫水も浅いから、動かすのは思いのままです。帆が小さすぎるのではないか、布団の布もいっしょに付け加えるのはどうか、水夫らに言いたくて仕方がありません。ですがそれは無理で、ともかく冷え込みがきびしく、何をするにも難儀千万です。また小粒の雪が強く降ってきて、雨に似ていますが、雨よりやっかいな代物です。船の上は何もかも薄い氷の層で覆われて、仄かに光を反射しています。二人の水夫は火のそばで暖をとり、舵取りの男は船尾で縄と舵を操っています。風景は本当に美しいので、急いでさえいなければ、酒を少々携え、風流人となり、この船の上で詩作ができるでしょう。しかし私は風流を楽しむ気持ちは全く有りません。私は目的地に早く着き、早く帰りたいと思うばかりです。

私にはリンゴがまだ八個残っていて、これは私が二個だけ食べ、人に二個あげて、残りを大事に取っておいたので、家の人に食べてもらいます。九九《9ちゃん》のあの大きいのも、トランクの中にちゃんと入っています。私たちは甘い食べ物を用意するのを忘れてしまったので、ビスケットを少し持って来ていたら、この日数の一部分を噛み砕く積りで食べて過せました。冬の船で一番必要なのは多分ビスケットで、果物は全然食べる気になりません。雑炊を少々食べたいのですが、手間がかかるので水夫に頼んでいません。

十二時

今、船は柳林岔に着いていますが、何と美しい土地でしょう。ここでは金が採れ、冬にもかかわらず、人が川の中で砂金を採っています。このように素晴らしい土地を見るのは私にとっては初めてです。立派な風格が有り、しかも秀麗で、全く奇異な土地です。目に見える限りの家々には雪が積もり、高い山はすべて紫色を帯び、木々の疎らな林が三四里続き、林の中に人家の白い屋根があちらにもこちらにも沢山見えます。私の船はこのような風景の中、水面をすいすいと進んで行きます。山を眺め川辺に見とれていたせいで、手は凍え、体の冷えきったのも忘れてしまいました。唐代の人の絵とか宋代の人の絵などとかも到底これにかないません。一年見ても見飽きがしません。船はこれから早瀬を上るので、しばらくしてからまた書きます。この手紙は四丫頭《スーちゃん》に先ず見せてください。そうすれば彼女は自分に来た(4)のをあなたに見せるでしょう。

二哥

十五日午後二時半

訳注

(1) 柳林岔は現在の地名表記では柳林汊、沅水沿いの土地。すでに桃源県ではなく、沅陵県内となる。日本漢字音では「岔」の音読みは「タ」、「汊」は「サ」であるが、中国語ではともにcha の第四声。

(2) 現在の沅陵県。沈従文書簡1、原注、訳注参照。

(3) 辰州（沅陵）よりさらに上流にある沅水の埠頭。

(4) 次の手紙に、この日、午後、沈従文が張充和宛てに手紙を書いたと書かれている。

9．纜子湾に停泊

十五日午後七時十分

私の小船はもう停泊しました。土地の名は「纜子湾」と言い、もっぱら纜を売る土地です。両側の山は柔らかな緑で、生えているのは全部竹です。両岸の高所にはそれぞれ吊脚楼の家屋が有り、その美しさに私はうっとりしてしまいます。しかもこれに加え遠方には山々が重畳し、雲霧が山を包み、全くこの土地は私に少なからぬ霊感を与えてくれます。ふだんから私は良い景色を想像することが何より得意だし、また良い景色をうまく描写できると思っていましたが、今、自分の前のすべてに向かい合うと、ただもう、うっとりの一言しかありません。宋や元の人の桃源図が一千点有ったとしても、これにはかないません。

私は夕食をすませたばかりで、ご飯を一膳、鶏の卵を三個、おも湯を一碗、燻製の肝を一切れ食べました。ご飯が美味しく食べられたので、これから落ち着いた気持ちで手紙が書けそうです。午後、私は四丫頭《スーちゃん》に手紙を一通書きました。私は今二本の蠟燭に火をつけてあなたに手紙を書こうとしていますが、炎の光が明るくゆらゆらと揺れ、どうも私が何を書こうとしているか分かっていて、少しばかり恥ずかしがっている様子です。私がこれから書くのは……いや、よしましょう。私は恥ずかしくなくとも、蠟燭の火が恥ずかしそうです。

三三、あなたはもうこれまで私の手紙を沢山読んだので、それぞれの手紙の私の気持ちが分かるでしょう。時によって私の手紙は乱れていて、その時は心も乱れているのです。例えば今、私の心は非常に静かな状態なので、手紙も落ち着いて書けるはずです。食事の前、私は『月下小景』の何編か(1)を校正しましたが、細かく読み返してみて、自分の文章がよくあれだけ入念に書けたなと気が付きました。これらの作品はいくつかの側面で他の人には確かに簡単には書けないでしょう。私は本当に自分の能力にびっくりしました。しかし、もしもこの認識がひどいうぬぼれでないとすれば、私はこの能力が天才などではなく、むしろ辛抱強さなのだと言いたく思います。私はこれらの作品を他の人よりも真剣に書いたので、その結果、他の人よりうまく出来あがったのです。私は天性の才能は重視していないので、それよりも、執筆の方面で私が如何に精力を注いでいるか、他の人に分かって欲しいのです。

また、私はどうすれば自分を完全に発展させられるか、力を他の些細な事で浪費せずにすむのか、思案中です。同時にあなたについてですが、あなたは努力すれば、私と変らない成果を上げられます。あなたが私以上の成果を上げるのを期待していますし、あなたにはそれができます。きっとできますとも。私の心は乱雑でとりとめがなく、この乱れを取り除くためには作品を書くしかありません。あなたはひとえに純粋で統一されています。私より勝っています。

あなたがこの手紙を受け取る六日か七日前に、私の電報が届いているでしょう。私の電報はあなたを困らせたと思います。家にお金など有るはずがないのは分かっています。上海の例の百元が届いたとしても、今月は家で何かとものいりが続きます。私のためにあなたはまた借金をしなければならず、しかもあなた名義で借金しないといけないのです。こうした事情を考えると私は不安になります。今、思い出しましたが、あなたが私に渡したあの二百元にしても、九九《9ちゃん》(2)が持って行って学費に使ったので、あなたは手元に何の準備もないまま青島で私と滞在しなければなりませんでした。結婚でもあんなに沢山あなたのお金を使いました(3)。もちろん、私たちは二人の間で区別をとやかく言うべきではないでしょう。しかしあんなにお金を使ったせいで、三三は冬、人の家でお茶を飲む時も、そのオーバーを着たきりで脱ぐに脱げない有様とは、これでは、私は一体どうして平気でいられましょうか。

三三、他にも私があなたに何度も迷惑をかけたのを思い出して、今、私の目は涙でうるんで、ぼんやりとしか見えません。あなたには全く申し訳ないです。私の愛しい人、もし今この時私があなたのそばにいたら、私がどれほどあなたを愛しているか分かるでしょう。あなたの素晴らしさを一々思うと、私は自分がひ弱になります。以前確かこう言いました、「あなたが私に腹を立てる時私は自分がどんなにあなたを愛しているか、特によく分かるのです」。私は今あなたは私に腹を立てたりしてなくて、きっとうんと離れた一人の人物について思い描いているでしょう。私は涙に濡れながら、あなたのこれまでのすべてを思い返しています。

三三、私はあなたの中国公学時代(4)のすべてを振り返り、あの頃の私の夢を思い出していますが、まさか三三がこんなに私を愛してくれるとは思いもよりませんでした。私たち二人が永遠にこの上なく仲良くあり続けますように。私が戻れば、もう二度とあなたがあきれはてるようなことはしません。私は船の上で反省とは何か学び、自分の種々の誤りが良く分かりました。全くあなた以外、こんなに私を分かってくれて、しかも私を許してくれる人はいません。

寒くてたまらないので、掛け布団に一工夫したところ、案の定、暖かくなりました。私はもうさほど寒くなく、これで服を脱いで寝れば、さらに暖かくなるでしょう。私たちの船は一群の船のすぐ横に停泊しているので、隣の船から本を読み上げたり、芝居の一節を歌ったり、笑い話をする声が聞こえてきます。私の船の水夫は、甲板に寝そべって阿片を吸い、しばらく阿片を吸うかと思えば、時おり悪態をついています。船はそっと軽く揺れていて、蠟燭の光がゆらめき、多分今頃あなた方も夕食をすませ、私の旅の日数を数えている最中ではないかしらと私は想像します。

ひとしきり泣くと、私は心の中がすっかり柔和な気分になりました。

私はこの小船でまだ五日、或いは少なくとも四日は過さねばなりません。明日私は仕事をする積りです。

家に着いたら、私の例の上海派を論じた文章(5)が読めるのを期待しています。何故ならこれはあなたが編集した……夢の中であなたの微笑みと会えますように。

十五日午後

三三、船の横に一艘の麻陽船が接近し、一人の人間が私のあの土地の訛り(6)でしゃべっていて、私は全く彼に向かって一声、声をかけたくてたまりません。

今一つさらに感動的なのは別の人物が「高腔(6)」を歌っていて、押韻が最高によく響いています。全く感動的です。

あなたは、私の船艙が整理しないのでめちゃくちゃだと思っていませんか。そう考えてはいけません。実際はその反対で、私の船艙はきれいに掃除をして、何もかもぴかぴかで、きちんと片付いていて、こうするのが小船の決まりです。明日、もし太陽が出たら、この小さな船艙の写真を撮って、そちらに送りましょう。フィルムは天気が悪くてまだ使っていません。もっとも、今日柳林岔に着いた時、景色がともかくきれいだったので、光線の状態も考えず舳先で一枚写しました……

隣の船から先程の同郷人が(7)「アソコヘ」、「アノコドモ」、「コレハホントニバカダ」などとしゃべっているのが聞こえますので、私は「ドコノ」人間だと聞いてみたくてうずうずしています[1]。でも三三、郷里の言葉は実は感動的というほどではなくて、これ以外に子供の泣き声がしていて、この子供こそは「アソコ」の人間に違いありません。泣き声にさえ土地の性格があり、強烈な個性が有るのです。

訳注

（1）ここでいう『月下小景』は文意からして、手紙の前年一九三三年十一月に、施蟄存によって『現代創作叢刊』に編入され、上海現代書局から出版された沈従文の短編小説集を指し、書名と同じ短編小説「月下小景」他、「尋覓」「女人」「扇陀」「愛欲」「猟人的故事」「一個農夫的故事」「医生」「慷慨的王子」等、合計九編の作品を収める。

（2）沈岳萌のこと。沈従文は妹と親密であり、当時、彼女に高等教育を受けさせようとしていた。

（3）張兆和は一九三二年夏、中国公学を卒業したのち、沈従文の求愛を受け入れ、翌一九三三年一月には父親の許しを得て婚約。その当時、沈従文は青島大学に勤務しており、張兆和は青島に行き、青島大学図書館職員となった。そしてこの年の九月九日に二人は北京で結婚した。

（4）張兆和が中国公学（英文系）に在学したのは一九二九年から一九三二年まで。その最初の年、中国公学学長胡適の異例の抜擢によって沈従文が同校の国文科講師として赴任した。たまたま沈従文の講義を受講した彼女はやがて沈従文から求愛の手紙を繰り返し受け取るようになった。

（5）「私の例の上海派を論じた文章」とは、この旅行の最中、一九三四年一月十日の天津『大公報・文芸副刊』第三十二期に発表された「論〝海派〟」を指し、前年秋十月に沈従文が発表した「文学者的態度」（『大公報・文芸副刊』第九期一九三三年十月十八日）に対して杜衡が反論し、それに対して沈従文がさらに反論を行い、これ以降、いわゆる「海派」と「京派」をめぐる論争へと発展する。沈従文は一九三三年九月から天津『大公報・文芸副刊』の編集業務を行い、この書簡に「これはあなたが編集したものですから」（「因為這是亦編的」）とあるのは、『副刊』編集作業を張兆和が手伝っていたことを示す。

（6）江西省弋陽県に起源を持つ曲調の弋陽調と、民間の曲調とが合わさって出来たものを言うとされるが、ここでは湖南西部の沅水流域特有の「高腔」であろう。

（7）「アソコヘ」、「アノコドモ」、「コレハホントニバカダ」、「ドコニイルヤツノコトダ」の原文はそれぞれ「果嚢」、「果条伢哉」、「果才蠢喃」、「哪那的」。下記原注参照。

原注

［1］断片的な鳳凰県語で、意味は、あそこ（那里）、あのこども（那個孩子）、これはほんとうにばかだ（這真蠢）、どこのもの（那里的）。（**訳者**　鳳凰県とその周辺の土地の漢語は、方言差が大きい。例えば張家界市、吉首市、鳳凰県の言葉はそれぞれ異なる。）

10. 今日は二枚だけ書く

十六日午前九時

今はもう九時ですが、小船はまだ動かず、大雪が何もかもすべてを覆い、天も地も一続きになりました。先程食事をすませました。私は少々焦っていますが、やたら焦ったとてどうにもならないのは分かっています。昨夜も眠れませんでした。あなたと別れて以来、安眠できた夜はほとんど一夜も有りません。ですがそれで何か差し障りがあるのでもなく、精神的には良好な状態です。七時前後に起きて自分の本を読み、誤字を少々校正し、さらに細かく見直しをしました。「月下小景」(1)は悪くなく、文字使いがことのほかうまく行き、展開も良いし、細部の叙述もよく出来ています。とりわけ対話がそうです。私はあんなに頭の働きが良かったのですね。二十代で書いたのです。この作品を書けたのは、「龍朱」(2)と同じく、全くあなたがいたからです。「龍朱」を書いた時には、一人の人間を愛したい気持ちでしたが、愛するにもその機会はなく、あの作品中の女性こそが私の理想的な恋人でした。「月下小景」を書いた時にはしかしあなたが私のそばにいたのです。前の作品は男性が聡明ですが、後の作品では女性の方が聡明です。私にはもうあなたがいますから、私はこの一生ではさらに良い作品が沢山書けると信じています。愛を手に入れ、幸福を手に入れ、他の人々にも幾ばくかの愛と幸福を分けてあげるとなれば、自ずと良い作品が書けるはずです。これらの作品について私は自惚れるような気持ちはなく、何故なら、すべてあなたの作品に等しいからです。あなたがいなければ、これらの作品は存在しませんでした。しかも、これらは習作で、時間はまだたっぷり有るのです。

私は今日少しは仕事をする積りで、短い論文を二編は書いて、辰州から郵送できたらと思っています。だからあなたに書く手紙は二枚だけにする予定です。私の小船はすでに動いていて、この調子では家に着くまで少なくともまだ七日かかるでしょう。気が付けば持ってきた紙が少なすぎたようで、途中で使いきるかも知れず、家に到着した後はどんな紙に手紙を書こうかと思います。あなたに辰州の郵便局留めで手紙を出す方法を教えるのを私は失念したので、この方法に早く気付いていれば、私の船が辰州に着くと同時にあなたの手紙を何通か見られるのでしたし、家から辰州に返って来れば、あなたの手紙をどっさり受け取れたのでした。あなたの手紙がたくさん有れば、旅の途中も少しは楽しく過せるにちがいありません。

本当に夢の中で私に会いに来てくれませんか。川に沿ってあの黄色の小船を探すのです。一万艘の船の中からその一艘を探してください。でも道が遠すぎて、夢でも来られないようですね。私は夜中に恐ろしい夢を見てたびたび目が覚め不安な気持ちになりますが、何か食べたらましになるのでしょうか。ビロードの帽子を一つ買ってありますが、二人いっしょに前門大街で見たのと同様で、四角使いました。布靴はまだ買えず、桃源でいろいろ探しましたが見当たりませんでした。辰州に着いたらもしかすると私は輿に乗るかも知れず、つまりは輿が結局は早いのです。輿に乗ると辛いけれども、早く着き早く戻れるなら、多少の辛さは気になりません。冷え込みがきびしく、空気まで今にも凍りそうな感じです。村で鶏が鳴いていて、その声もひどく寒い感じがします。悪い時に来たもので、南方の寒さが北方よりなおひどいとは思ってもみませんでした。

櫓を漕ぐ船歌がまた聞こえます。全くもって詩です。こうした歌声の中にいると私は心の震えが止らず、まるで歌は私のため、愛のために歌ってくれているような気持ちになります。事実としてはこれは力を出して働かねばならないので、気分を高揚させるべく歌っているのです。下って行く船では櫓を漕ぐのに力はいりません。

船は長く乗ると心が安らぐはずですが、しかし私にはやはり耐えられません。櫂の一漕ぎごとに少しでも前へ行って欲しいし、棹が水中に突き立てられれば、わずかでも速度を増して欲しいと思います。ですが有効な方法は何も有りません。水の流れが速すぎるし、天気が寒すぎます。

今日、これから小船は大きな早瀬を溯るので、私は恐らく岸に上がって歩かねばなりません。この早瀬ではたいてい何隻かの大型船が、壊れかけの姿のまま浅い水中に止っていて、通常、毎日船舶事故が起きています。でもあなたは心配しなくて良いので、事故が起きるのは大きな船の場合で、小船は重量が軽く、船体の面積も小さいため、その場所で座礁する資格は有りません。しかも岸辺を歩いて上流に進みますから、危険はさらさら有りません。この手紙があなたの手元に届き、さらに三、四日経った頃、私はまたこのような小船に乗って早瀬を下っているでしょう。その早瀬は名前を「青浪灘」[1]と言って、九九《9ちゃん》に聞けば彼女が知っています。瀬の長さは二十五里、十分も経たぬうちに下りきってしまいます。しかし遡行するとなると、実にやっかいで、時によってまる一日かかります。大きい船は溯るのにまる一日必要ですが、小型船の場合は二、三時間で十分です。天気が良ければ是非写真に撮ってあなたに送り、大体の感じをつかんでもらえば、将来、川を溯る際に備え心構えが出来るでしょう。四丫頭《スーちゃん》はこの急流は平気に違いなく、彼女の大きな写真は旅行中ずっとにこにこしています。

私の小船はすでに一つの小さな早瀬を上りきり、水がびっくりするような響きを立てて流れ、波が甲板の縁に強く打ち付けています。私は全然怖くないです。私の心の中にあなたがいるので、何をしようと怖くありません。あなたが私にどれほど力と勇気を与えてくれたか見当が付かないでしょう。そして、あなたには私がどれほどあなたを愛しているか、まだあまりよく分からないのです。ここまで考えると、私は少々不満を感じてしまいます。

今日あなたのために絵を描くのは多分無理でしょう。私の手は凍えて痺れていますし、絵を描くため船艙から外に出て風に吹かれると、もっと凍えて手が硬直するので、今日は鉛筆を持ちません。山と水は上流に来れば来るほど素晴らしく、またあまりにも奇異にして素晴らしいために、絵に描くのがますます難しくなります。あなたがここの山を見たら、嶗山(3)一帯の建築物や家屋がひどく滑稽に思えるに違いありません。山東の人たちはいったいどうして、あのような場所を良い風景だと考えたのか、しかも、仙人になるための修行の場所としたのです。本当にひどいことをしてくれました。来年、もしもあなたが北京を離れられるようなら、何としても私たち二人でここまで川を溯り、辰州の家(4)にしばらく滞在し、ここでは風景と称されることもない山と水が如何に素晴らしいか、いっしょに見ましょう。さらに、できれば私とともに鳳凰県まで行って滞在し、あの魅力に富む苗族の人々がどんな生活を送っているか、あなたに見てもらいたく思います。

三三、私の小船はもうすぐ何とも素敵な所に到着しようとしていて、地名を「鴨窠囲(5)」と言い、川には随所に大きな岩があるにもかかわらず、水は滑らかに流れ、深さは底知れぬ深さです。岩という岩に小さな草が生え、まるで翡翠のような緑色で、それらの上に雪が覆い被さっています。右にも左にもこのような岩のある川の中を船は進んで行きます。「小さな丘と平らな背」、私はこの四文字を思い出しました。ここの「小さな丘と平らな背」は随所がそうで……

二哥

一月十六日十時

訳注

(1) 書簡9注(1)参照。但し、ここでの「月下小景」は短編小説を指すと考えられる。

(2) 一九二九年一月『紅黒』第一期に発表した短編小説。なお、これとは別に同年九月に、小説集『龍朱』(「龍朱」「参軍」「媚金、豹子とその羊」「名前のない物語」「物語をする人の物語」「彼と彼の仲間の一人」)が紅黒出版社より出版されている。

（3）嶗山は山東省青島市郊外の景勝地、嶗山（主峰一一三三メートル）のこと。丸く白い累々とした巨岩からなる特異な景観の山で、古来、道教の聖山として有名。一九三三年春、沈従文と張兆和は、青島大学の同僚の教師たちとともにこの山に遊び、途中で葬儀の「起水報廟」を執り行う少女の姿を見かけ、沈従文はその光景から一編の小説が書けると張兆和に語った。その小説が「辺城」（一九三四年一月―四月、『国聞周報』十一巻第一期―第十六期に断続的に掲載）である。

（4）沈従文の兄、沈雲麓が当時辰州（沅陵）に建てた家。

（5）「鴨窠囲」は、かつて「Y角洄」の文字があてられ、土地の発音では「アーゴーウェイ」のように響く。（沈従文研究者糜華菱・糜允孝―沅陵出身―「沈従文作品中的沅陵（辰州）地名図説」『湘西　沈従文研究』第3号、二〇〇一、白帝社による）。また『湘行散記』「鴨窠囲的夜」（一九三四年四月『文学』二巻四期）参照。

原注

［1］手紙の原文には「合計四十里を二十分で一気に下り、極めて危険」と傍注が有る。（**訳者**「青浪灘」は「辺城」では難所として繰り返し書かれている）

11. 三枚目……

十六日十一時

今日は二頁しか手紙を書かないと記したように思いますが、これは無理です。両岸で小鳥がうっとりするような声で鳴くので、その鳴き真似をするうち、文章が書けなくなりました。今すでに一種類の鳴き声の調子は覚えましたから、あなたの前で一羽の小鳥を装い、ひとしきり鳴くのを聞いてもらいたくて仕方がありません。南と北の違いはこんな所にも有って、南方では冬でも鶯や画眉鳥、百舌鳥がいます。水辺の大きな岩には天気さえ良ければ、毎朝これらの愉快な鳥がいて、岩の上で太陽の光に当たり、心地良さそうに囀っています。人が近づいたり船が来たりすると、小鳥は岸辺の竹林の中に飛んで行きます。しばらくすると今度は竹林の中で囀り始めます。川から眺めていると、岸辺を黄山羊が走って樹林の茂みに逃げ込むのをよく見かけます。この動物は上海のフランス公園で飼っているノロジカと似ていて、色つやも同じだし、美しくて静かなのも同じですが、黄山羊の方がやや太っている点だけ違います。

嶗山で、死んだ人の報廟の儀式を見た時の有様を(1)、今でもあなたは覚えていますか。きっとよく覚えていると思います。私はあの時の印象にはいつも心が柔らかくなり感動してしまいます。あれはほんとうに見る者に感動を与え、あの時のチャルメラの奏者、幟を持った人、喪の装束をした人、見物人、そして小さな廟さえ、どれも人を忘れ難い思いにさせます。しかし、もしあなたが私たちの所に来れば、すべての事柄があなたにこの種類の感動的な印象をもたらすでしょう。小さな土地の光、色、習慣、観念、人間の良さと悪さなど、これらに触れると、どれ一つとしてあなたを心底感動させないものはないでしょう。あの少々愚鈍な所や狡猾さにしても、あなたのような都会の人間からすれば、許さざるを得ないのではないでしょうか。どうすれば小説が書けるのかと私たちはたびたび人に聞かれます。もしも偽らざる気持ちで答えるなら、私は全くこう答えたいのです。「湖南西部へ一年間旅行に行けば良いのです」と。でもこの言葉は恐らくあなた以外に誰も信じる人はいないでしょう。

あなたという人は生まれつき私に手紙を書かせる人のようです。あなたと会い、あなたの前にいる時、何故か私はあなたがそっぽを向いたり、その場を離れるような振舞いをするので、手紙を書いて誤りを認め、許しを請わざるをえません。あなたから離れると、今度は立て続けに手紙を書かずにはいられません。このような調子で私たちが二年三年と別れて暮らすなら、私たちの手紙はトランク一杯分になるでしょう。私はいつもあなたに話しかけたくて、しかも、いつまでたっても言い終えた気持にならないのです。あなたのそばにいる時、口は必ずしもしゃべるためだけが役目でないのは分かっていますので、黙ったきりでいる時もあります。しかし離れ離れになるとこの手はあなたに手紙を書くこと以外、他の事はどんなにしてもうまくできません。でもあなたはどうなのでしょうか。私はこれまであなたが心の中を取り出して書いた手紙を、まだ見せてもらっていません。思うにあなたが家に出した手紙はきっと家族が読むのを心配して、真実を書いていないでしょう。仮にそのように用心深くしているにせよ、私にはそれらの手紙を読めば文面に書かれていない、言外の意味が読み取れます。三三、これほどまで私たちが親しくなったのを思うと、全く静かにため息がもれ、幸せでなりません。今ではあなたがいるので、私は何一つ欠ける点がありません。

二哥

十六日午前十一時二十分

訳注

（1）書簡10・注（3）参照。

12. 梢子浦の長い淵を通過

十六日午後二時五分

船は一番目の大きな早瀬を上りましたが、あの早瀬を見たらあなたは目を開けていられないでしょう。急流の中で絵を三枚描き、写真を三枚撮りました。光線が良くないので、恐らく良いのはとれてないでしょう。絵の方はおよその感じが出ていればと思います。現在船は長い淵に差しかかり、地名を「梢子浦」と言います。下るのを決めかねている大型船が数多く停泊し、吊脚楼がずらりと並んださまは滅多に見られぬ眺めで、いずれも中空に飛び出た楼閣に似ていて、水面からはそれぞれ三十丈以上の所にありますが、夏の増水時にはこれらの吊脚楼に船が停泊するのです。これらの場所を見ればあなたは実際、賛美の言葉が見つからないでしょう。それから、木の筏ですが、筏の上には野菜なども植えてあり、何ともきれいです。

午後になると私は寂しくなって何をしても調子が出ず、しばらく文章を書きはしましたが、つまらないので、途中で止めました。あなたに手紙を書くのだけが私の喜びで、私は全く見込みのない人間です……

私の前に木の筏が流れを下りて来て、八人の人間が櫂を使い、また一人子供が乗っています。やや上流にも筏が四つ浮かび、ゆっくり流れを下りて来ていますが、どの筏もへりに人が立ち櫂を操っています。櫂とは何か、知りたければ九妹に聞けば、彼女の方が私よりはっきり説明するでしょう。これらの筏は風変りで面白く、筏の上には野菜が植えられ、豚羊がいるのも見え、また筏の上で楽しむにこれがなければと主が見つけてきたものまで載っています。実物を見たことがなければ、これがどんなに面白くて楽しいものか、想像できないでしょう。

私たちの船は早瀬を上りきり、淵の中で帆を一杯に揚げ、現在飛ぶように進んでいますので、もう櫂で漕ぐ必要がありません。水夫らは火の近くに集まってしゃがみこみ、私は船艙前部の扉を押し開けて風景を眺めながら、木箱に身を伏せあなたに手紙を書いています。現在船は淵の中を進んでいますが、四方はどちらを見ても高い山なので、まるで湖水にいるようです。この小船はまっすぐ上流へ進んでいて、ずっと同じような様子で、遠くの山が近くの山を包み、川の水は山が曲がっている所に出口があって、初めての人が見れば或いは湖水を遊覧しているように思うかも知れません。湖水に似ているのは確かですが、この水は油断できません。山の傾斜度がきつく、面積は狭いため、水の流れはことのほか速く、淵の中とはいえ、あなたが見たら気分が悪くなるでしょう。

……

私の船はまたも小さな早瀬を上っていますが、瀬は大きくないし、波が船に飛び込んだりもしないので、私はあなたへの手紙を書き続けられます……途中、郵便を受け付ける所はなく、これまで七通書きためたので、辰州に着けば合計十通出すでしょう。一束程の分量ですが、一つの封筒に入れて速達で出そうと考えています。

私の小船は小さな早瀬にいると書きましたが、あわや事故になりそうでした。船首が向きを変え下流に流されたのですが、全然危険ではなく、水夫の骨折りが若干増えた程度ですみました。正にこれのために、船首と船尾のあいだで、水夫が互いに六十か七十ほど罵り言葉を浴びせ合いました。船の上で罵っても相手は腹が立つとは限らず、これはとても面白いです。しかも彼らは実に天真爛漫に罵るので、猥褻な感じが全然なくて、全く変といえば変な事です。

この船で中心になって働く水夫は、一往復で三元四角の賃金をもらい、毎月二往復船で働きます。もう一人の見習い水夫は、一年で銅貨八十吊、つまり一月一元の賃金で、よく働いています。舵取りはよそで船を借りて来ているので、借用料として毎年銅貨二百吊、または百二十吊、およそ三十元、または二十四元相当の金を出さねばなりません。毎回、彼は十五元の運搬代金を手に入れ、米十二石を積んでいるので二元稼ぎ、一回につき出費を差し引けば、およそ五元が残るので、一月で十元ほどの金が手元に残ります。しかしこの人は毎日、銅貨三百銭の阿片を吸わないではいられないので、何十年も船を動かしていながら、嫁一人もらえないし、銀貨三十元の小船を買うゆとりも有りません。彼らのこの種の生活は思うに、全くほとんど一種の奇跡です。

　この手紙を書き始めて一時間近く経ちましたから、ちょっと休みたくもあり、休みたくない気持ちもします。私の小船は一艘の薪船に接近していて、紺の綸子の馬掛《ベスト》を着た人が船尾で薪割りをしているのが見え、私の見当では彼は船主です。彼がどんな生活をしているのか、私にとってそれを思い描くのは簡単で、この人は一目見ただけで（船の形状からもですが）麻陽の人なのは、はっきりしていて、麻陽の人の家庭組織や生活の観念について私が語れば彼ら自身より詳しいでしょう。麻陽の人には他人に嫌われる点がなく、勇敢で率直で、きつい仕事に耐え、いかにも人間らしく、またこれぞ人間というにふさわしい人々です。この川で船を漕ぐ麻陽の人は極めて多く、大型船を操り、数千籠の桐油を積むとなれば、彼らでないとだめです。けれども、船は多く、貨物は少ない状況になって、これらの船は大きな埠頭に空のままで係留され、毎年稼ぎ時は一回きりとなれば、このような船を一隻持ちたいと思う人間などなく、その気になれば何時でも買える有様です。数多くの船主たちは数年前に船で大儲けをしたのですが、この数年でみな元手をすってしまいました。何とか切り抜けて行くには、自分で別の商売を兼ねる他なく、しかし商売には元手を失う可能性があって、最近では阿片の売買でも利益は見込めず、水上で生活する数多くの人々の暮らしは悲惨なもので、いささかも活気が有りません。こうした現象は日ごとに悪くなるばかりで、地元の経済には全く心配させられます。もしこのままの状態が続けば、これらの人々はもっと悲惨な境遇に陥ります。私は十年前のこの川の状況を覚えていますが、今よりよほど賑やかだったと思います。

　今日は寒さのせいか、川を上って行く船は私の小船だけのようで、船長が三丈《十メートル》に満たない一艘の小船が、このような一すじの川を進んで行くのは、船そのものにも実に寂寥の感が出てきます。初めに、私たちは四日で辰州に着く計画を立てていましたが、これは失敗でしたので、五日で辰州に着く計画に変えましたが、これも失敗しました。今の状況では六日、或いは七日、八日かけないと辰州に着くのは無理でないのかと……こう考えるとやりきれなくなります。

二哥

十六日三時二十五

13. 夜、鴨窠囲に停泊

十六日午後六時五十分

私の小船は進行を止め、鴨窠囲に停泊しました。昼頃書いた「小さな丘、平らな背」は「洞庭渓」と名付けるべきです。鴨窠囲は深い淵で、両岸の山は緑の色がこちらに迫って来るようで、あたかも私の書いた翠翠の郷里(1)そのものです。吊脚楼はとりわけ人を驚かせ、高く両岸に直立し、まさしく奇跡です。両側の山は緑が濃く、ただ吊脚楼の屋根瓦のみが白色で、川面の長い淵には丸太の筏が二十近く停留し、色は明るい黄土色をしています。ここには子羊がいるようで鳴き声が聞こえ、女性が甲高い声で「二老」、「子牛」と叫び(2)、また、遠方では爆竹の音とドラの音が響いています。このような所へ来るとひどく感動させられます。四丫頭《スーちゃん》が一度でもこれを見たら、一生忘れられないはずです。あなたが一度でも見れば、ご飯を食べなくても良いと思うでしょう。

今私は夕食をすませ、蠟燭を二本ともしてあなたに報告を書いています。魚を沢山食べすぎてしまいました。船が停泊する前に、私たちは魚を買い求め、九角払って重さが六斤十両《三キロ》もある魚が一匹手に入り、これでも一番小さな魚でした。形は飛行船と同じで、四分の一を煮て、私は四分の一のそのまた四分の一を食べ、もう腹が一杯になりました。これまで私はあんなに新鮮で味の良い魚を食べた覚えがありませんし、また今回初めて魚を堪能しました。味は鰣魚《ヒラコノシロ》よりも美味で、豆腐よりもやわらかく、一風変った魚です。私は食べすぎたようで、どうしようもないほど満腹の状態です。

残念ながら天候が寒すぎるので、船が停泊している間も岸に上がって見に行くなどできません。私はあれらの中空の楼閣が好きです。ここでは木材はただ同然だし、川の増水と渇水時の水位差が極めて大きいので、建物はどれも岸から三十丈以上も離れた場所にあり、川辺で見上げると、全くうっとりさせられます。それから、私には端唄を歌う声が聞こえていて、私の見当ではああいった歌声と灯火の有る所では、筏の頭領が悦楽にふけっているか、そうでなければ、副官殿や船主が酒を飲んでいるのです。女性の指にはきっと金メッキの指輪がはめられています。何と感動的な光景でしょう。このような話になると、私は憂鬱な気分になってしまうのであって、彼らの悲しみと喜びは私にはよく分かるし、彼らがそれでも相変らずそこで一日一日と日々を送るのを見れば、理由は分からないけれど、私は必ず憂鬱になるのです。正にこれは一編のシベリア方面の農民を描いた作品を読むのと同じで、あれらの作品を読むと無言の哀切を感じさせられます。私は今こうした人々の生活の表面のみ見ているのではなく、過去に経験した事柄をもとに、この種類の人々の魂に触れようとしているのです。ほんとうに悲しむべき事です。私はこれらの人々の生活について、もっと多くの作品を書かねばならないと思います。私が今回の旅行で得たものは、実に少なくありません。今回の旅行をもとに、多くの感動的な文章が書けるはずです。

三三、筏の火灯りは絶対見ないといけません。ここまで来ると川幅がそう広くなく、加えて両岸の山は高い（崂山よりはるかに高い）ので、夜、静まりかえると、人の話す声が全部聞こえます。羊がまだ鳴いています。私は何故か分かりませんが、今、心がことのほか柔和です。私は凄く悲しい気持ちです。遠方では犬がまた吠えていて、それから、誰かが「また来なよ、年が明けたらまた来なよ」と言っています。今、客を送り出しているのであって、きっとあれらの吊脚楼の家で水夫が川に下りて行くのを見送っているのでしょう。

風が強くなり、手も足も冷えきってしまいましたが、私の心は暖かいです。でも私には何が原因なのか分からないのですが、心の中が総じてひどく柔らかです。私はあなたに寄り添っていたくて、そうすれば辛いのが何とかなります。私はまるでやはり十数年前の私に戻った気がして、全く天涯の孤独で、自分の身一つ以外何もなく、軍服を積載した一隻の船に乗って上流に向かっていたのですが、自分の前途について何ら当てはなく、私が希望したのはただ一月四元の書記の職務でしたが、人は私にその機会すら与えてくれませんでした。本を少し読みたいと思っても、身辺に一冊の本も有りませんでした。岸に上がりたいと思っても、銅貨一枚ないのです。船が着岸し、ともかく岸に上がって遊びに出かける時、仕方なく他人の軍服を着て、手ぶらで岸に上がり、通りにあるもののすべてを眺め、それら小さな通りの黒砂糖片や、銅貨一枚で一山の落花生を見て楽しみました。灯りの下に眉毛を抜き極く細くした女性が坐っていたりしました。船に返る際、暗闇でどこをどう行くのか見当もつかず岸辺の泥の中をうろつき、他の人の船の「跳ね板」を渡って自分の船に戻り、両足とも泥だらけですから、船艙に入り靴を脱ごうとすると、船主から大声で「お若いの、副官さん、靴を脱ぎな」と怒鳴られました。船の上に戻っても、する事などなく、夜はやたらと長く、カルタ好きな水夫が甲板の小さな灯りに群がり、しゃがみこんでカルタをしているので、近寄って外側から勝負を覗いていました。これがほかでもなく、まぎれようもないこの私だったのです。三三、人間の一生で一番美しい日々、十五歳から二十歳までの日々が、このようにして過ぎてしまったのであって、ちょっと考えて欲しいのですが、よくぞ生きて来られたと思いませんか。何と意外にも、今日、私は再びこの川に来て、こんな小船の上で、何度も繰り返し過去のすべてを復習しています。さらにまた意外にも、私は今日この小船の上で、はるか遠方のやさしい美しい顔を思い浮かべ、しかもこの浅黒い顔の人物の方でも、離れた場所で私のためにひどく心配してくれているのです。私の運命は本当に味わい深く興味が尽きません。

　船の漕ぎ手にたずねると、風が順風なら、明日私たちは辰州に着けるそうです。順風になるのを望みます。船が早く着けば、私は明日の夜に辰州ですべき事をすませ、それで明後日にはまた船で上流に進めます。それから辰州では雲六[1]が来ているかどうか、たずねてみなければなりません。もし彼が辰州にいれば、私が上流へ進むのも楽になります。

今はもう八時半ですが、あちらでもこちらでも人の話す声が聞こえ、この川はどうやらたいへん賑やかなようです。うんと遠くの方で太鼓の音がするのは、誰かが願掛けの返礼をしているのでしょうか。風が猛烈になり、船の中も凍りつくように寒いです。しかし、一人の人間の心の中に愛する人がいれば、心の中は非常に暖かですから、全身が凍りついていても差し障りありません。この風はたいへん強く吹いているので、明日は恐らく大雪になります。羊が今も鳴き続けていて、どうも奇妙に思って注意して聞けば、実は対岸にもう一頭羊がいて、二頭が互いに応酬しながら鳴いていたのです。また、端唄を歌う声が聞こえてきますが、これは年端の行かぬ一人の女性の喉の声で、私をひどく感動させます。あれは何の曲なのか、是非突きとめてやろうと思うものの、ずっと聞いても分かりません。私はずいぶん沢山歌を知っているのですが。これらの人々の喜び悲しみを思うと、私は少々憂鬱です。この歌から私は自分で錦州に行き、とある旅館に泊った時の有様を思い出しますが、その旅館で私は一人の女性が大鼓書を歌う声を聞き、女性は騾馬車で積荷を運ぶ客の夜伽に夜半まで歌っていました。私は一人大きなオンドルの上で横になり窓外から聞こえる歌声や、人が笑いながらしゃべる声を聞いていました。これも二哥だったのです。あの頃あなたは確か曁南で勉強していて[2]毎日朝、寝床を出て朝の体操をしていたのです。運命には全く茫然とさせられます。私を愛してください。何故なら、私を愉快にできるのはあなたしかいないからです。

二哥

眠くなりました。あなたもよく眠れますように。十六日午後八時五十分

訳注

（1）翠翠は沈従文の「辺城」のヒロイン、翠翠の故郷とは「辺城」の舞台、茶峒。小説の中心となる碧渓岨の渡し場は両岸の竹林の緑が見る者に迫って来るような美しさとして描かれ、この書信の鴨窠囲と同じである点が注目される。「辺城」

は沈従文のこの旅行の直前に『国聞週報』第十一巻一期からの連載が開始されたばかりであり、『国聞週報』第十一巻第一、二、四期（一月一日―一月十五日）に各一・二章、三・四章、五・六章が発表され、この旅行後、第十期―十六期（三月十二日―四月二十三日）の各号に第七章より、二十一章までが発表された。

（2）男女の呼び交わす声、及び後出の羊に関する表現、靴を脱げと注意される表現など、『湘行散記』「鴨窠囲的夜」参照。

原注

［1］つまり作者の兄沈雲六。（**訳注**　沈雲六は沈雲麓のこと。）

［2］曁南大学女子部（中学）を指し、南京にいた。
（**訳注**　沈従文が遼寧省錦州（遼寧省）に出かけた時、張兆和が曁南大学女子部にいたという記述からすると一九二四～二六年のことと考えられる。当時沈従文はまだ極めて不安定な生活状態で職探しをしていた。）

14. 八枚目の……

十六日午後九時

船艙のすきま風が通る場所はマフラー、手拭い、本、上着などで全部目張りをすませ、後はもう冷たい布団にもぐり込んで寝るしかないのに、すぐ寝る気になりません。冷えきった体で船艙の板敷きに横になって水音を聞いているよりも、布団を抱えて坐り、蠟燭の光をたよりにあなたに手紙を書く方が良いでしょう。今日はこれを書くと八枚目になり、昼間、私は二枚だけの積りだなどと記したのでした。これも何かの因果のせいなら、二人で半分ずつ引き受けるべき……

今夜は風が特に強く、船艙内に一人坐り、蠟燭の火がゆらゆらする前で、旅に人を懐かしむ風情を装うのも、これはこれで味があります。あなたは何をしているだろうと考えてみますに、この時刻はまだ九妹とストーブの横で張姉さん相手におしゃべりの最中でしょうか……或いは私の行程を思いうかべ、小船で私がどんな生活をしているか推量している最中かも知れませんが、まさかこの時刻まだあなたに手紙を書いているとは想像できないでしょう。日記の件を、忘れないでいただきたく、あなたの出来事を日記に書いてくれたら、私が帰った後、私たちで照合でき、同じ日にあなたが何をして、何を考えていたか、また、私は何をして、何を考えていたか……

今、川ではまだ誰か人が話をしているようですし、はっきりしないものの、遠い所の太鼓の音が聞こえ、私は寂しくて仕方がありません。ここでは水音がしていないにもかかわらず、船の揺れが感覚で分かります。時おり、この小さな船が突然何かに当たり動かなくなるのは、多分大きな魚の頭部が船底にぶつかっているのでしょう。船の周囲にはきっと魚がいるにちがいなく、夕食の際に私は食べ残しを水中に捨てたからそう思います。確かに今、はっきりと聞こえました。水中で何か音がしています。

もう寒くてたまらず、眠れるかどうかはさておき、ともかく布団に入ります。夜中に寒さで目が覚めて、どうにも眠れないようなら、また起きて手紙を書きます。手紙については、二年前、或いは一年前の状況を思い出しますが、あの頃と比べ、今は何と幸せかと私は思います。

二哥

十六日午後九時五十分

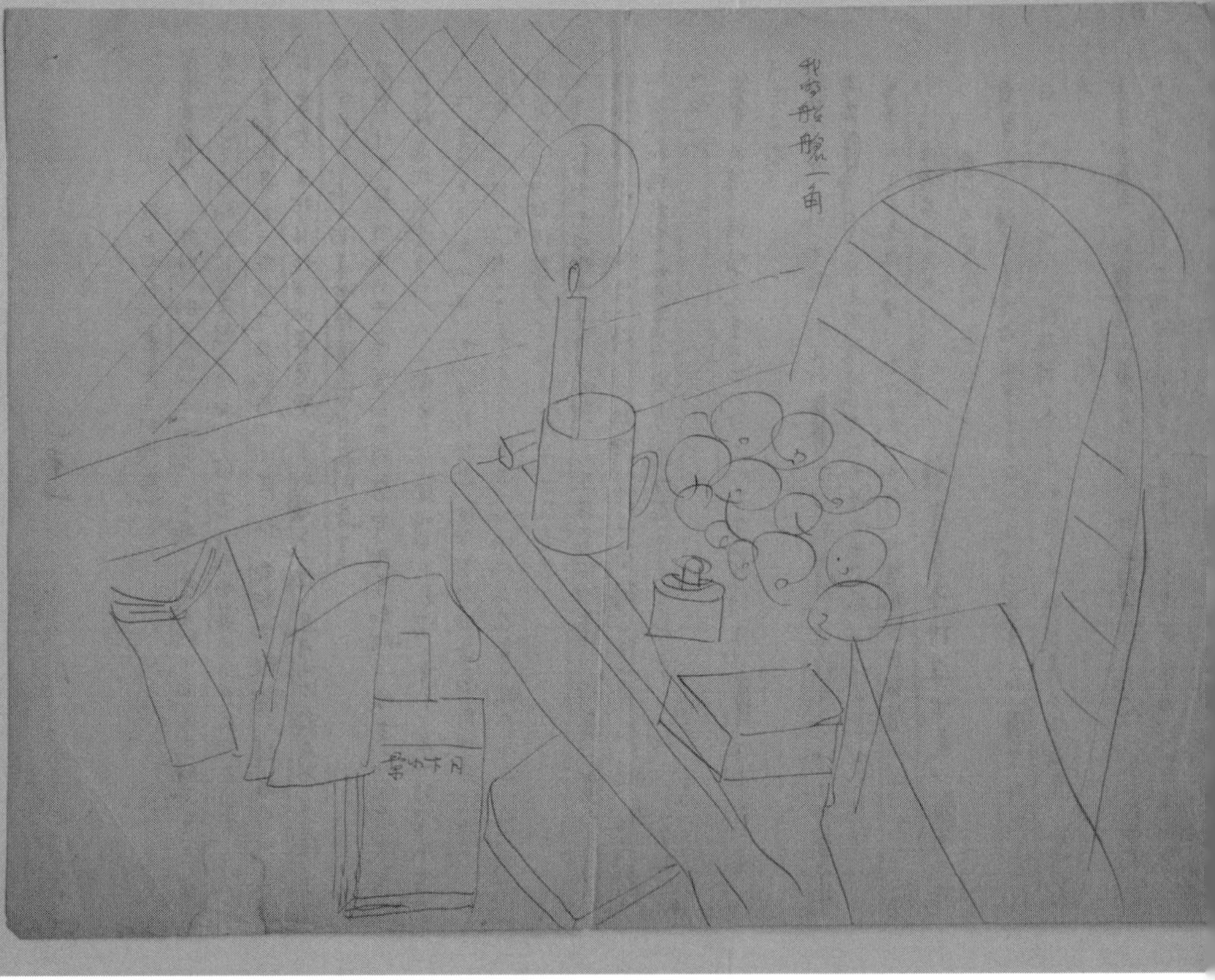

挿絵5　私の船艙の一角（鴨窠囲）

（**訳注**　画中に『月下小景』が見える）

15. 夢に証拠は残らない

一月十六日午後十時

服を一度脱ぎはしたのですが、やはり着なおして手紙を書いています。気温が寒すぎて、眠ろうにも眠れないので、こうやって起きて坐り、あなたに何か書いている方が良いです。すぐに寝たくない気持ちも有って、夢には形跡など残らないから、夢であなたと会うのを待つより、目を見開いてあなたを思い続ける方が良いです。今頃あなたは寝ているでしょうけれど、船での私の有様を知れば、きっと寝てなどいられなくなります。小さな船の中での日々がどんなものか、初めからあなたに分かっていたら、私を一人で帰省させなかったかも知れません。体の疲れがあり、もう寝た方が良いのですが、しかしあなたについて考えているので、心ははっきり覚めています。髪の毛をひっかき知恵をしぼっても、私には自分の気持ちを静める方法は見つかりません。とても辛いです。

二哥

十六日午後十時十分

16. 鴨窠囲の夢

十七日午前六時十分

五時半にまた目が覚めまして、悪夢で驚いたせいです。目が覚め周囲に耳をすませば、世界は全く静かです。夢で見た一切を思い出しながら、他の問題についてもいろいろ考えてしまいました。雉が鳴き声を上げ、実に様々な考えが次々思い浮かびます。もう寝る気になれません。あなたも今頃は目が覚める時刻でしょう。あなたの独身生活の頃の習慣では、この時間には起きていたはずです。

初め私は書斎で新着の雑誌を読んでいる夢を見たのですが、雑誌にはずいぶん奇妙な文章がいくつも掲載されてあり、やがて、私たちは婚約して宴会を開く運びとなって、とある庭園に十人の客を招き、仲人は苗字が何と曾[1]です。彼は小五哥[2]と年齢が大体同じ中学生なのに、私の古い同級生でもあるのです。宴席はある人の庭園内に設けられ、しかもその場所は大きな梅の木の下でした。賓客は十人全員が整然と揃い着席しているにもかかわらず、子供の曾だけが来ないので、私が探しに出かけ、いろいろ探しても見つからず、引き返して来た時には客人は皆帰った後で、席にはがさつな人間だけが残り、卓上には料理が二品しか有りません。どうしてこんなことにと聞けば、いくら待っても客人が来ないので、それぞれ腹を立てて帰ってしまったそうです。そこで私は慌ててあちらこちらであなたを探したのですが、どうしても見つかりません。それからしばらくすると、どうも私は今の私たちの家の中に辿り付いたらしく、ドアはどこも閉まっていて、中庭の外に一頭のライオンがいて吠えているので全く焦りました。外へは出て行けないし、別の方法であなた方に連絡をとろうとしてもできません。ところで、このライオンは実は私たちの家で飼っていたもので、程なく張姉さん(3)（彼女の年齢はまだ十四歳みたいでした）が生肉を持って来てライオンに与え、ライオンは肉を食ってしまうと、その場でとんぼ返りを打って私たちに見せました。私はあなたと母屋の敷居に腰を下ろし、ライオンの芸を全部見ましたが、また、きれいに太陽の形まで見えるではありませんか。さらにしばらく経って、私たちは家を出てピクニックに行き、湖の中央の土手に着き、その土手は赤土で造成されていたので、私たちは坐り込んで水を眺め、あのライオンは水中で泳いでいます。まもなくライオンは首の下の長いひげを整えるうちに、ひげは于右任(4)とほぼ同じひげに変りました……

目が覚めると鶏が次々に鳴いていて、やっと私は小船の上にいたことに気が付きました。私はあなたの夢を見たいのですが、同時にまた、夢の中のあなたが実際のあなたよりも、さらに優しい人だったらと願ったりします。ですが、私は朝から晩まで急流を上り続け、山が深く長い淵の中などで日々を過しているので、夢にあなたが出るとしても、どこか違うはずです。ひょっとしたら鯉の精が夢を見て、あなたに化けて私の前に現れたのでしょうか。

今、本当に静かで、この静かさから私はまるで一編の怖い詩を読む思いがします。これは本当に詩です。違う所は、如何なる優れた詩が引き起こす情緒にせよ、これほど感動的ではない点にあります。今、心の中は透明で、何を考えるにせよ、どこまでも深く考えられます。私はあなたのすべてを思い返して復習しています。全く私は不思議な思いに驚きを禁じえず、生活のある一章まで黙読して行くと、驚き以上のものを感じます。私は自分の幸運を秤量し、また計算しようとしますが、明確な答えは私には出しようがありません。あなたは私の感情の全体を占領してしまいました。これに気付いて幸福のあまり、私はため息をつきました。

今あなたが私を見たら、私がどれほど優しい気持ちになっているか、あなたには分かります。あらゆる過去の出来事とそれらの結末は、私をあなたのそばへ、あなたの心の中へと押しやり、また、あなたの過去のすべては私をあなたのそばへ、あなたの心の中へ引き寄せます。これは全く運命です。そして二哥にとっては、これは何という幸運でしょう。さらにもっと言いたい話が有りますが、私は蠟燭に聞かれたくありませんので、この蠟燭の火を吹き消して、暗闇の中で虚空に向って話しましょう。

二哥

訳注

（1）沈従文の交友関係、及び時間の経過を考えると、書簡1.「桃源にて」に見える曾芹軒を連想させる。

（2）小五哥は張家の四人姉妹の下にいた六人の弟のうち、五番目の弟、張寰和のこと。張寰和は一九三二年夏、沈従文が青島より蘇州に行き、初めて張兆和の家を訪問した際、沈従文をもてなすため、自分の月二元の小遣いの中から小銭を出してサイダーを買って来た。沈従文は感激し、彼のために小説を書くことをその場で約束した。『月下小景』中の第二編「覓尋」より第九編「慷慨的王子」までの小説末尾に、それぞれ「為張家小五」または「為張家小五哥」という語が見えるのはこのことによる。張充和「三姐夫沈二哥」『海内外』第二八期（一九八〇）、張允和「半個字的電報」『最後的閨秀』（一九九九）、張允和「六兄弟」『張家旧事』（二〇〇〇）参照。

（3）張姉さん、沈従文の家にいた家政婦。

（4）于右任（一八七九―一九六四）、清末から中華民国期にかけて活動した政治家として有名。

17. 鴨窠囲の朝

今はもう七時四十分なのに、空はまださほど明るくありません。両側の山が高いため、夜明けが少し遅れるのです。船の上の人々は起き出て、湯を沸かしにかかり、或いは雪を払い落としたりして、その一方では罵り言葉を言ってふざけあっています。天気に対して如何ともしがたい呪詛がこめられているのでしょう。木の筏は川を下る準備に取りかかり、吊脚楼の女性の所で宿泊した男たちが次々と川に下り、互いに一種親しげな言葉をかけあっています。数多くの筏では水夫らがそれぞれ木材を移動させています。誰かが甲高い声を張り上げ女性を装って、脈絡もなく無邪気に歌を歌い、同時に斧の音や槌で木をたたく音が聞こえてきます。私の小船も帆を取り付け、岸を離れようとしています。

昨夜は冷え込みましたが、私は平気です。私には寒さの原因が分かりました。船艙の隙間風が入る所は全部目張りをして塞ぎ、それから古い皮の袷を着て寝ました。夜中も手足が暖かくなり、寝る時も、起きる時も快適で、良い具合です。私の小船は帆を上げて、淵の中を移動中です。誰かが岸の向こうに向けて「牛保、牛保、ドコへ行った[1]のだ」と叫ぶのが聞こえました。川のこちら側ではかなり待っていましたが、吊脚楼のある女性の寝床からやっと逃げ出してきたのか、窓辺に身を乗り出し「宋宋、宋宋、大きな声を出して。何の用だ。まだ早いぞ」と答える者がいます。「何が早いだ。糞野郎」、「糞野郎で結構だ」。最後の一言は私の想像に過ぎず、実はこの時彼はもう沈黙していて、きっとすぐさま寝床に戻ったにちがいないのです。さらに私の想像を続けるなら、彼は寝床に入るとその女性の身体を軽くつねり、二人でにっこり笑うと頭を並べてまた寝るのです。こういう生活は私を心底感動させます。彼らの会話を聞くうちに、私はこれまで自分が書いてきた事柄が、単純すぎるのではないかと思います。

私は北京に帰った後、これらの人々を題材として、十編の短編(2)を書こうと考えていて、或いは、私からあなたに話してあげて、あなたが書くのも良いでしょう。うまく書けたら、これはきっと大きな成功になります。今、私たちの船は上流へ向かい、岸辺に沿って進んでいますが、何隻もの大型船や筏が動き始めて、やや上手の、昨晩停泊していた位置からそれぞれ下流へと下って来ます。船艙の中に坐っていると、水の上で人と人が話す声、櫓や櫂が水を掻き混ぜる音、また櫓や櫂が押し動かされた時、ぎいぎいときしむ音などが聞こえます。これは正に聖なる境地です。船艙から外に出て辺りをしばらく眺めると、これらの船や筏が水面に浮かび、船の上から紅い炎と白煙が立ち昇り、川の両岸は高く屹立し、まるで巨大な魔物が向い合うかのようで、色は鉄色を帯びています。どこかでカラスが鳴声を上げつつ巣を離れ、またどこかでは鶏が鳴き、岸辺では小さな水鳥がチチと鳴いています。鳥たちがどういう気持ちなのか、それは分かりませんが、ともかく彼らは毎日、朝になればこのようにひとしきり賑やかに鳴くのでしょう。以上はほんの小さな印象ながら、確かにこの印象を得るためにここまで辛い思いをして来た甲斐があったと私は思います。

先程から私は日数計算をしています。八日の出発(3)だったので、来月七日に北京に帰着してあなたに会えるはずです。今日は私が旅路について十日目、遅くとも後五日で私は家に着きます。船の連中の話では、下りは浦市から桃源まで三日（この区間の溯上は最低八日必要）で十分だそうで、桃源から常徳まで一日、常徳から長沙まで一日。長沙から漢口まで一日、漢口で一日滞在し、さらに漢口から北京まで二日。この日数に私の実家から浦市までの二日を加えると、帰りの旅程には十一日必要です。全部合計してこう考えれば、実家での滞在は四日だけとなります。或いは、滞在を一日延ばすかも知れず、その場合、漢口での一泊を削りますので、日数は同じです……今日は十七日で、早ければ二十日後にあなたに会えますし、遅れた場合でも二十三日後、できれば是非二月十日までには北京に戻って、あなたに会いたいです。この帰省中、私はあなたの優れている点を全部、家族に伝えたいし、あなたには、面白そうな品物をいくつかお土産に選び、また家族からの懇ろな気持ちを伝言に持って帰れたらと思います。私が実家に着けば家族の誰かが「何故張妹《チャンさん》をいっしょに連れて帰らなかったのかい」と聞くに決っています。私は「いや、連れて来たとも」と答えます。私が連れて帰ったのは一枚の写真で、私は家族たちにこの写真を手渡して見てもらいます。事実上、私は本当にあなたを連れて来ていて、だって、あなたは私の心の中にいるではありませんか。でも、この事を私は人に話す積りはなく、彼らにこれでもって笑われたりはしません。一人の人間がけちけちするのは美徳ではありませんが、出し惜しみせずにいられぬ場合も有ります。

今日はどうやら風がさほど強くなく、船が辰州まで行くのは無理でしょう。しかし明日中には私は辰州に到着します。到着後、私にはする事が二つ有り、先ず家に電話をかけて、兄に私の辰州到着を知らせ、第二にあなたに電報を打ち、あなたに送金を頼みたいのです。今回川を下って帰るのに、計算すれば九十元で足りますが、できれば手元に百二十元欲しく、そうすればいろいろな品物を買い北京へ持ち帰って人にあげられます。こちらの多くの品物は北京の人にとって宝物ですし、それはちょうど、北京の多くの品物がこちらで宝物になるのと同じです。私が実家を出る時はこまごまといろいろ土産物をもらうはずで、どれもあなたに気に入ってもらえたらと思いますし、或いは、あなたが四丫頭《スーちゃん》にあげたら、珍しくてびっくりするでしょう。

今は八時四十分なのに、空の色はまだ薄暗いままです。うっかり私がこの腕時計の時針を進めてしまったかも知れませんが、時計の時刻に誤りはないのかも知れません。今回溯上して来た経験からすると、何を持って来ても途中で痛んだりしないので、下って行く際、あなたのために奇妙な食べ物を二三持ち帰れます。九九《9ちゃん》は何年もの間、凍菌を食べていないので、彼女のために凍菌を持って帰ります。あなたは酸っぱい食べ物が好きだから、私は兄嫁に頼んで胡葱酸(4)を一壺ほど炒めてもらいましょう。四丫頭は、苗族の女性に興味があるので、彼女には苗族婦人の手作りの凍豆腐《こうやどうふ》を一つ買って帰るのが良いかも知れません。時間に余裕が有れば、私は三哥《サンゴー》(5)と二人で田舎の市へ出かけ、成り行き次第では四丫頭《スーちゃん》に犬の肉を少々持って帰っても良いでしょう。私の持って帰りたい品物は多すぎて、汽車の客室一室では積み込めなくなりそうです。話がこうなれば、いっそ土産なしで帰りましょうか。

私は張姉さんが何を欲しいか聞くのを忘れました。彼女に伝えて欲しいのですが、私が苗族集落に行く機会があれば、彼女のために苗族の使う指貫か、針入れを持ち帰ろうと思っています。私の所の針入れは皆透かし彫りがしてあって、なかなか良さそうです。また郷里の人間の話では、私の町の醤油は評判が上がり、最近では他所の土地へ輸送されるほど有名な特産となって、下手は長沙へ、上手は四川東部や貴州まで出荷されるそうで、こうなるとは思ってもみませんでした。何はともあれ、あなたたちのために醤油は少し持って帰らねばなりません。

九時四十五分、私の小船は山際の早瀬の岩の間に停泊し、皆ゆっくりくつろいで朝食を食べました。食後も水夫らはそのまま火に当たっているので、私は対岸のちょっとした風景を絵に描きました。魚をまた食べました。対岸の人家がある場所は色合と光沢が極めて美しく、名前を「打油渓」と言います。また、長々と続く塀が見え、これはきっと製油所(6)です。こんな土地に住んでいるのに詩を書かず、油を搾るとは、あきれるばかりです。絵の下書きが出来たと思いきや、船が動き始めました。今日、小船は大きな早瀬をもう二箇所上らねばならず、「九渓」と「横石」と言い、この二箇所はさほど通過が難しくはありませんが、天気がやたら寒く、水夫らには本当に辛いでしょう。もしかすると彼らは水に浸かって船を曳かねばならないのです。辰州に近付けばまた長さが十里に及ぶ早瀬があり、風がなければ、これがまたやっかいです。今日は風が悪く、追い風となってくれないので、この様子では辰州に着くのは無理です。思うに明日の午前中には着くでしょうから、半日の時間で用事を全部すませたら、明後日には上流へ進めます。私は、辰州に着いたら電話で多少とも連絡できるので、兄に一切を話し、彼らに安心してもらえたらと思います。そうしないと、あなたの手紙は届いているのに、私は到着しないので、全く奇妙ではありませんか。

今日は寒さがさらにひどく、大雪になるのかと思いますが、いっこうに雪は降りません。南方の天候からはずいぶん遠ざかっていたので、今はどうもまるで新しい一冊の本を読むような気分がして、何につけても慣れると何とか辛抱できるとは思えず、もしこういった所で長く住めば、私は性格がひどく沈鬱になりそうです。しかしひとたび春が来れば、ここは素晴らしい所です。今日のような天候の日でも、山ではムクドリや画眉鳥が何も気にせず良い声で囀っているので、春が来た時は、推して知るべしです。

訳注

（1）「ドコ」の原文は「那嚢」、鳳凰語。
（2）旅行後、『湘行散記』シリーズの連作として沈従文は計十二編の散文を発表した。
（3）実際の出発日は一九三四年一月七日。
（4）「胡葱」は一般の辞書に言うタマネギではなく、鳳凰県では一種の野生植物を指し、これを使って「塞飯」と言う料理を作る。一九八二年春、沈従文が鳳凰県に帰省した際、沈従文は母方の甥、黄永玉の家に滞在したが、この当時の事を伝える記録に「胡葱」が見える。田時烈「沈従文先生最後一次回故郷的日子里」『湘西　沈従文研究』第三号（二〇〇一）参照。
（5）沈従文の弟、沈荃。十一頁。訳注（2）参照。
（6）湖南西部は桐油の産地。

18. ぐらりと傾く

一月十七日午前十時三十五分

この川の水は甘く見ていけません。私の小船は早瀬で急にぐらり傾いたかと思うと、何もかも様子が一変し、船内に少しですが水が入り、インクはすっかりこぼれ、本も、ノートも、歯ブラシも、タオルもインクでべたべたです。郵便に出す積りでいた沢山の封筒にもすっかりインクが染み着いてしまいました。トランクが船艙の片側に寄ってしまい、調度類も全部が片側に移り、もう一回ぐらりときたら大変です。しかし、幸い危ないのはこれ一回でした。惜しいことに私の万年筆がなくなり、インクもこぼれてしまい、これでは手紙が書けません。今使っているのはインク壺の底のわずかな残余で、ペンはあなたの万年筆です。それからもっと惜しいのは一本の……さあ何でしょうか、当ててください。

今回は私の小船が出会った一回目の危険で、そのうち二度三度と続くかも知れませんが、どうという事はなく、「善人に天佑あり」のとおり、大事には至りません。腹立たしいのはインクがなくなり、紙まで濡れてしまったせいで、私は手紙が書けません。辰州に着いたら両方とも補充しないと、出来事すべてをあなたに報告しようにも手段がなくなります。幸いインクの残りは今日一日の分量が有り、明日になれば新しいインクを買えます。実は危険の最中に私は写真を一枚撮ってやろうと思っていて、その程度の沈着さは常日頃から持ち合わせている積りでしたが、写真を写す間もなく、私は船の片側に転がりました。危険の中でも案外人間は落ち着いていられるようで、十二年前、軍服を輸送する船に乗り込んで上流に向かい、「白鶏関」と言う場所に行った時の状況(1)を思い出します。

あの時、船は早瀬を上っていて、突然、船の向きが反対になり、船は下流に向けて流れ始めました。もともと船は遡上していたので、早瀬では例によって水夫らは皆船から下りて引き綱を曳かねばならず、船上に残ったのは舳先に立つ者一人と舵取り一人だけで、二人の力だけで激流で大船を操るのは容易ではなく、斜めに進む途中、どんと船が岩にぶつかり、あっという間に船内は浸水し、一気に下流へと流れたのです。私たち仲間は三人で船上にいて、私以外の二人はうろたえましたが、私は平気でした。私は甲板と竿を見据え、もっと危なくなれば、水中に飛び込む積りでした。しかし幸運にも、私たちは水に飛び込むまでもなく船は岸辺に流れ着き、浸水した水は二寸《六センチ》ばかり、私たちの足元が水に浸っただけでした。荷物は全部手に持ち、と言っても小さな風呂敷包み一つだけで、両足が少し水に浸かった他、何も濡れませんでした。ですので、この時の船の事故体験は、非常に割安の値で得られたと言えます。また、われわれはその川原で一晩露営し、素敵な体験を一夜をただで体験できました。今回乗っている船はずっと小さく、このような危険に遭う可能性などないので、あなたは心配しなくて良いですし、むしろ私にとっては残念だと思って欲しいほどで、何故なら危険な経験を重ねるのは、それなりにとても面白いではありませんか。

　あの万年筆には未練があります。だって、今度の旅行の手紙は、ほとんど全部あれで書いたのです。今頃、多分深い水の中で孤独に転がり、時おり魚が金色によく光るペン先や細長い胴体を奇妙に思い、匂いを嗅ぎに近寄ってはさっと離れたりしているでしょう。あれは深い水の中に転がり、徐々に腐蝕していくだろうとか、岩か何かで押しつぶされるのかと思うと、私は今少々物悲しい気分です。およそ自分が使った物に対して、私は言いようのない友情を感じますが、これは何故なのか自分でも分かりません。

　私たちの船はまた早瀬を上っていますが、たいした事はなく、私の心の中にはあなたがいるので、私は度胸が据わっています。一つの波に続いてすぐ次の波が船の真横を過ぎて行くのを見ていても、私には危険とは思えず、逆にこのような旅行をあなたが経験できないのが残念に思えてなりません。

櫓を漕ぐ船歌がまたしても聞こえてきて、早瀬の水音とよく調和し、歌声はゆったりと品が有り典雅の極みです。私は一休みして、少し川を眺め、またあなたにお話ししましょう。インクが今日使う分量に足りるかどうか心配で、私の手紙も少々けちらないといけないようです。

二哥

十七日午前十一時三十五分

訳注

（1）『従文自伝』「船上」参照。

19. 早瀬での苦闘

私は万年筆の他にもう一本なくなった……と書きませんでしたか。それは象牙箸の片方だと、あなたには見当が付くと思います。私は全くがっかりで、これの片方だけが北平に帰るなどできない話です。申し訳ないです。ですが、どうぞご安心を、前々からこの箸は、ほんの少しでも知覚が有るなら、川に落ちるにしても、片方だけ落ちるのを望んだりしないと私は勘ぐっていました。確かに私の思ったとおりで、何と船底にあるのを私が見つけました。

今日、私の小船が上って行く早瀬は特別多く、幸いにも川では風が出てていますが、それでも一つ一つの早瀬を進むのは労力と時間を要するでしょう。私は船艙前部の入口で横になって、水夫らが竹竿を水中に突き刺すのを眺め、彼らが悪態をつくのを聞いています。現在もう十二時四十分、八時に出発して三十余里しか進まず、まだ七十里もあり、この七十里に大きな早瀬が二箇所、長い早瀬が一箇所有り、これではどうやら目的地にたどり着けそうにありません。この川を船で進むのは全く責めさいなまれるようで、いっそ短気な人間が罪を犯した場合の処罰に、ここで川を上らせたらどうでしょう。思うにこれから五時間以内に白溶(1)の下まで進んで停泊できれば、明日の午前中には辰州に着けます。今船はまた一つの早瀬を進み、船全体が大きく横に傾き、波が船艙前部に飛び込み、船艙後部から突き抜けて行かんばかりの勢いで、水流は激しく、船は一度上に進めばまた押し戻され、もしあなたがこういった所に来れば、ただ目をじっと閉じている他ないでしょう。ここの早瀬はそれでもまだ大きなものとは言えず、大きな早瀬になると、もっと恐ろしいのです。海は広くて深いけれども、人をさほど怖がらせはせず、とても温和に見えます。ここの川は燃え盛る一筋の火も同然で(2)、あまりにも情熱的です。まるで、ひたすら人間に攫みかかることだけ考えているかのようだし、何もかも自分の意見だけで行おうとしているみたいです。ところで奇妙なのは、これらの水夫です。彼らが激流や渦を避ける方法は実に巧みで、どんな情況でも、彼らは何時も危険を回避する技を持っています。やむを得ぬ場合は波間を突き進む他なく、今日は三回波の中に入りましたが、しかしその都度何とかなるもので、波の間から出口を見出しました。彼らが水を避ける方法は、先年のあなたが私を避けた以上に優れています。彼らは水に詳しく、しかも水に頼って生きねばならず、しかし水に攫われたりしません。彼らはわれわれ普通の人間より水の怖さが分かっていて、しかも水への注意を決して怠りません。あなたは実際水夫を相手に二年は勉強すべきで、あなたが之江(3)へ避暑に行くなら、さらに沢山のラブレターを読む機会が生じるでしょう。

……

北京出発に際して私は計画を立て、一日のうち半日を手紙書きに当て、半日は文章を書く予定にしていました。何としたことか、この小船に乗ってからは、あなたに手紙を書く以外頭になく、他の仕事は手に付きません。この点からすると、あなたなしで私は何も作品が書けないようです。以前、あなたといっしょでなかった頃、あなたをいつも思い浮かべていたので、文章も情緒纏綿とした、感動的な文章が書けました。あなたが青島に来てからは、あなたがいるお蔭で、文章が向上しました。しかし今はあなたから離れると、まるで駄目です。私一人で生活するとなると、何をするにせよ興味がなく、面白くありません。私は、全くもって独立しては生活できない人間になったみたいです。あなたは私の一部となり、私の血と肉、精神の一部なのです。私は聡明な人間ではなく、何事もひとしきりゆっくり思索しないと駄目で、文章を書くのもそうだし、人を愛するのもそうですし、人の長所を理解するにしてもそうなのです。

私にお父さん(4)へ手紙を書くようにと言っていましたね。私は常徳で書き始めましたが、終った訳ではなく、あなたに手紙を書き続けているので、あの手紙は中断したままです。辰州到着後に書く積りで、辰州で時間がないようなら、郷里に着いてから書きます。郷里ではまたお父さんのために何か土産を探そうと思っています。それから、何であれちょっと気の利いた品物が見つけられたら、上の姉さん(5)に贈り物をしないといけません。私たちがずいぶん上の姉さんにお世話になった件については承知していますし、下の姉さん(6)のお世話になったことも、あなたに言われてよく分かりました。郷里では彼女たち二人に手紙を書けたらと思っています。

三三、また早瀬に入りました。不幸にも……危うく一人の子供が溺れそうになりましたが、彼は経験不足で、力も足りず、竿をさす時手元が狂い、その結果たちまち竿に弾かれ水中に落ちました。幸い、年長の水夫が彼に手を貸して水中から引き上げ、船は横に傾いて、かなりの分量の水が入りました。子供は引き上げられた後、マストにしがみついたままオイオイと泣き、彼のそんな様子を見ると、言いようのない同情が込み上げてきます。この子供は私がこの前手紙に書いた、一日十銭の見習い水夫です。

今、時刻はすでに二時四十五分、私の小船は一つの早瀬で悪戦苦闘し、立て続けに五回進もうとして、その都度激流に押し返され、船首は水浸しとなり、仕方なく川の反対側に進んで、曳いて進むことにしました。船が川を横切る時に、白くたぎる波間をくぐったので、苫の上まで水しぶきで濡れました。しかし私のために心配するのは不要で、今はもう船は無事に川を渡り切っています。最も危険だったのは私が――の印を付けている時で、紙の上にも水がかかり、皮の袷も全く台なしになりました。今、船は早瀬の手前で停泊し、力が回復してから、さらに白波の中に進みます。

この早瀬は実際手におえない早瀬で、今もって私の小船は上っては行けません。他にもう一隻の大船が一時間近く上ろうとしていて、なおも急流の中で奮闘していますが、全く打つ手がない状態です。帆も、引き綱で船を曳く水夫も、竹竿もまるで役に立ちません。船を曳く者は皆石の川原に這いつくばり、手と足を使い、一寸また一寸と前に進もうとします。しかし相変わらずどうにもなりません。早瀬の水は激しすぎるので、私の小船はどうやって上に進むのか見当が付きません。今、水夫たちは火で身体を暖め、冗談を飛ばしていますが、力を出さねばならぬ時になれば、彼らは決して力の出し惜しみをしません。

三三、吊脚楼を見た時、あなたがいっしょに来なかったのが惜しい気がしましたが、早瀬を上り始めてからは、幸いにもあなたが来なくて良かったと思っています。この早瀬の水がどんな大音響を上げ、どのように猛速度で流れているかあなたが見れば、恐らくもう小船の上では辛抱できないと思います。今になって私は、湖南西部の上流の人々が家を出るにつけ帰るにつけ、家族で神を祀る理由が分かります。これほど多くの難所を上る際、頼りとするのはもとより船乗りしかなく、船乗りたちのすべては、全く天に頼るしかありません。

ここまで書いて、今、早瀬の音が耳をつんざくばかりなので、耳の感覚が失われて変です。時刻はもう三時、この船が進めるのは後二時間だけで、このまま遅延が続くと、明日の目的地到着は夜にならざるを得ないかも知れません。もしも実際に夜、辰州に着くとなると、私の用事はさらに一日遅れとになり、全くさあ、どうすべきでしょう。

小船が早瀬を上り切り、平穏無事で、時間は約二十五分かかりました。早瀬を上り切った後、あの水に落ちた少年水夫に瀬の名前を聞けば、これは「罵娘灘」（悪態をつく難所）だそうで、道理でひどく手こずった訳です。後二十分もすれば私の小船は次に「白溶」と言う早瀬を上り、どちらを見てもたぎる白波ばかりですが、善人に天佑ありとやら、きっと困難などないでしょう。今日の小船はずっと早瀬を上るばかりで、白溶を上って夜になるかも知れず、そうなると明日は九渓と横石を上ります。横石灘はいかなる船も多少の浸水なしではすまず、ひどさもこうなると見事です。私の小船には四妹《スーメイ》の写真が乗っていますから、浸水するに至らぬかも知れません。四妹の写真について言うと、もともと彼女には何事につけ見聞を広めるのが良いだろうと、写真をいつも外に出していました……しかし先程危うく川に落ちそうになったので、今はトランクの中に収めています。

小船は今、最も困難な一段を通過したものの、次に続く長い急流を引き綱で進まねばなりません。例の腕利きの水夫が、一人で石の川原を一歩ずつ進む姿をこの目で見ていると、心の中がたいへん悲しくなります。この人間は船上で働く時は、のべつ幕なしに罵り言葉を使い、風が出て、自分のする事がなくなると、麻陽の人(7)を真似て船歌を歌い、風がうんと強くなれば、麻陽の人の真似をして掛け声をかけ、大声で言います。

来るなら早う来い、遅れるな、アハー、風よ早よ吹け、風よ早よ吹け、川中白波がたつほどによー、アハー

彼がやっているのは全部、物真似で、桃源の人間は小船を操るにせよ、歌を歌い掛け声をかけるにせよ、自分ではできないのです。この人間にはまた機嫌の悪い時もあって、なおかつ不機嫌と言えば常にそうなのですが、彼は罵り言葉を言う以外に、こんな歌も歌います。

一日、一日とよー、心は煮えたぎる
油で炒られるみたいでよー

心中で煮えたぎるのは何なのか、知るべくもありませんが、しかし仕事が彼を苛んでいるのは確かで、全く可哀そうです。この人間は兵隊の経歴があり、今年は沅州方面で四回も戦闘に参加し[1]、程なく逃げ帰ったのです。彼自ら言うには、人となりは、けっこうでたらめもしてきた人物のようです。賭博で相当な金額の金をすり、女遊びはたいへん好きで、一回につき一元から三元の金を使って遊ぶと言います。彼によると「娘っこは人間じゃない。銭

が有りゃ、愛想良くするし、一晩寝ても銭がまだ有りゃ、やっぱり愛想が良いけれど、文なしになったら、見向きもしない」のだそうです。彼は恐らく他に何度もでたらめをしたにちがいありません。彼は二年間兵隊をしていた訳だから、兵隊の決りは何でも知っています。体つきはたくましく、性格は生《き》のままで素朴です。私が彼と会うたびに、いつも彼は嬉しそうに笑顔を見せます。彼が罵り言葉を言う時も、何故罵らないといけないのか聞いてみれば、「船乗りは大体皆こんなもので」と言います。確かに、あの子供の水夫が水中から這い上がってきた時も、泣きながら罵り言葉を言っていました。彼らを見ていると、私はいつも強く感動させられます。私たちは大都会に住み、そこで出会う人は、学問が有り、知識も有り、礼儀正しく、地位も高いのですが、何故か分からぬものの、総じてそのような人物には一人の人間たるべき何かが少し欠けている気がします。本当に欠けているのは何と何なのか、それはそれではっきり言えません。しかし、ここにいる人間を見ていると、都会の人間には紛れもなく人間の味に少々不足があるのが分かります。私は今ちょうど、どのようにして一つのやや長い作品を書くべきか、考えています。もしかすると、彼らの人間としての敬い愛すべき所を、よりよく人々に理解してもらえるかも知れませんし、彼らの悲惨な所を、別の時にもっと多くの人たちに注意してもらえるかも知れません。しかし、ここでの一般の生活は概ねすべてこのようですので、それはむしろ私たちを無言にさせてしまいます。

あなたは感動的な作品を多少とも読みたいと言っていましたね。ところで、目下中国には、一読に値する作品が何か有るでしょうか。作家は上海で育成されるので、育成にいくら力を注いでも希望はありません。あなたは山や川の危険を恐れないで、いずれ是非一度、内陸の土地に来るべきで、あなたが目にする物事は、これまでの人生で読んだ本よりも、もっと良いかも知れません。それと、あなたは小説を書こうとしていますが(8)、どんな書物から学ぶよりも、旅行の生活の中で物事を眺める方が、得られる利益はずっと多いかも知れません。

私はいつもそのように思っていて、一筋の川は人間にとって実に有益です。人間は不器用なので、創作において言うべき可能性は何もないのです。海は成る程確かに大きく、人間に与える幻想も広々としていますが、あの変化のない巨大さは、一人の作家の魂の陶冶に果たして有益なのか、と言えば、言うべき長所はあまりありません。黄河は沿岸部の都市の人口が不釣合いで、土地は広く人間は少なく、私たちに何も教え諭せません。長江はやはり素晴らしいですが、下流に行くと、人間の興味深さに関する限り、特別な所は有りません。私が故郷のこの川を讃美するのは、正にこの川が都市から隔絶し、一切が極めて素朴で、一切が普遍化と縁がなく、生活形式と生活態度には多少とも人間本来の情緒が有り、一人の作家に対して良く教え諭してくれるからです。仮に私になお何か成就できるとすれば、よく思うのですが、私に人生の思索を教え、人生を真剣に考えるよう教え、私に智恵と品性道徳ついて教えてくれたのは、誰か一人の人物ではなく、それは実にこの一筋の川にほかならないのです。

できれば来年、私たちは折りを見て二人で船に乗り、私のこの言葉を事実でもって証明しましょう。

……

私の耳が熱いのですが、そちらで何か私の話をしていませんか。時刻を見ると、ちょうど午後四時五十分。あなた一人だけ家に残るのでもたいへんなのに、家事のきりもりをしないといけないし、後の二人の世話もあり、その上客人一人をもてなし、(9)私の仕事もしているのです。遊べる時には遊ばないといけません。あなたがいろいろ心配なのは分かっています……私が船から岸に上がる時みっともない格好をしないように、私が家に到着する時は若々しく見えるように気を付けるなど、よく承知していますし、私のひげ剃りはトランクの一番目につく所に置いています。何もかもすべて安心してください……一日中私の心配ばかりしていたら、二人の小娘にさんざんからかわれてしまので、そうなってはいけません。

私は今日一日中手紙を書きましたが、まだ書き続けたい気持ちです。こんなにどっさり手紙があなたの手元に届いたら、さあどうしますか。ただでさえ用事で忙しいし、ゆっくり手紙を読む時間もないでしょうから、明日の手紙は先ず要約を書きましょうか……

今回船で過す時間が長いのも手紙が増えた原因です。私が実家に着く時は、この沢山の手紙をあなたが受け取る時でもあります。手紙を受け取った後、なお二三通の速達が出せるようなら、宛先を「常徳　傑雲旅館　曾芹軒様方(10)沈従文様」と書いてください。私が常徳に着いたら、何があっても必ずこの旅館に行きます。

今、私は気分が落ち込んでいて、つまり実家に着けば、家族は短い滞在では承知しないのではないか、気になります。私もゆっくりしたいと思いますが、仕事を抱えているので、一か月の期限を三日以上も超えるのは具合が悪いです。片方はこんな事情ですぐ戻らないといけないし、もう片方は引き留めざるを得ないとなると、一番困るのは私です。しかし私にこれといって打つ手はなく、家族に私の出発を促すよう仕向けるなど考えられません。或いは兄とわざと喧嘩をするのも考えられないではないですが、どうでしょうか。地方の人間関係は複雑で(11)、長い滞在は良くないです。

小船が再び早瀬を上っていて、時刻は五時二十分です。この早瀬はそう長くはないけれども、服や布団が少々濡れずにはすまないでしょう。私はあなたによって心の守りを固めているので、身体がいかなる危険な状況にあろうと、何も恐れません。全くあなたは多くの方面で私を勇敢にしてくれました。

二哥

訳注

（1）白溶は、沅陵（辰州）の下流六十キロばかりの沅水西岸にある土地の名前。本来は「北溶」と書く。沈従文の話す鳳凰土語では「白」と「北」が音通になる。糜華菱・糜允孝「沈従文作品中的沅陵地名図説」『湘西』第三号（二〇〇一年）参照。

(2)原文「這里河水可同一股火様子、太熱情了一点」。激流を火に譬える例は、日本の山岳文学では小島烏水「飛騨双六谷より」『日本アルプス』(一九一四)にも見える。
(3)銭塘江(浙江省)の別名。
(4)張兆和の父、張吉友。張家は安徽省合肥の名門で有名な大地主。吉友の祖父、張樹声は太平天国の乱に際して李鴻章の淮軍に加わり大功を立て、江蘇巡撫、両広総督などを任じた。張吉友は開明的な人物で、蘇州に居を移してからは樂益女子中学を開校するなど私財をつぎ込んで教育事業に尽力した。
(5)張吉友の長女、張元和。張元和は三十年代末の有名な昆曲俳優、顧伝价と結婚。顧伝价は梅蘭芳とも共演したことがある。
(6)張吉友の次女、張允和。夫、周有光は著明な言語学者、漢語拼音方案の制定に携わった人物。張允和『張家旧事』(山東画報出版社、一九九九年)、『最後的閨秀』(生活・読書・新知三聯書店、一九九九年六月)参照。
(7)麻陽は沅水支流の辰水の中流にある土地、現在は麻陽苗族自治県、県全体で七十万人ほど有る人口の七割までが苗族が占める。
(8)張兆和は小説集『湖畔』を出版(一九四一年文化生活出版社)。
(9)「後の二人」とは沈岳萌と張充和。「客人」は巴金と考えられる。当時、巴金は沈従文らの住む四合院の一室に逗留していた。
(10)書簡1.参照。
(11)原文「地方人事雑」。当時、湖南省は政情が非常に不安で、少し前には長沙でも戦闘が有り、常徳などの土地では沈従文は毛沢東、朱徳に懸賞がかけられた告示を目にしている。彼が鳳凰県に帰って滞在した三日間に、折しも五十キロほど離れた貴州省銅仁では戦闘が行なわれ、陳渠珍(従軍時代の沈従文の直接の上官)は三千人の援軍を鳳凰県に結集し、この戦闘に投入しようとしていた。沈従文は左翼五烈士の胡也頻や丁玲の親友であり、彼らの交遊関係は新聞にも書かれていた。こうした状態で鳳凰県に帰省するのは危険きわまりないことであった。この書簡の全編にわたっての軽妙な筆遣いと大胆な愛情告白や風景描写は、実は遠く離れた妻を安心させるためのものだったという。沈虎雛『従文家書』『湘行書簡(選)』解説文参照。

原注

［1］「今年」とは一九三三年を指す。沅州とはつまり芷江のこと。（**訳注**　芷江は現在、芷江侗族自治県、人口三十二万人ほど。侗族が人口の五割を占め、上記注（7）の麻陽苗族自治県のすぐ南に隣接。同県の天后宮には内陸部にもかかわらず媽祖が祀られ、建物は華麗な浮彫で飾られている。）

写真５　『張兆和短編小説集』（文化生活出版社―巴金の主催、一九四一年）

写真６　『最後的閨秀』（張允和――張兆和のすぐ上の姉、生活・讀書・新知三聯書店、一九九九年）表紙裏側の写真。張家の「全家福」の一部。一九四六年撮影。後より二列目右、沈従文、同左、周有光――張允和の夫。沈従文の前、右側、張充和、中央、張兆和、左、張允和。前列右、沈虎雛、左、沈龍朱

写真７　『張家旧事』（張允和口述、山東画報出版社、一九九九年）より。写真の前列左が張兆和の上の姉、張元和、右が夫、顧伝玠。

20. 楊家岨に停泊

船は再び早瀬を上っていて、名前を「回師」と言います。各処に大きな岩が有り、船は岩と岩の間をすり抜けて進みます。天の加護と助けによって、船はここでも無事に上りきりました。上流に進むにつれて早瀬が増え、一方船の数は少なくなって、以前のようにたびたび船歌を聞くこともなくなり、山はむしろ低くなってきています。いくらなんでも明日は柏子《バィツ》が船を泊めた所[1]に行けるでしょうから、是非ともそこで水夫の写真を一枚撮らないといけません。これがありますので、明日は必ず良い日和になって、辰州の水辺には積雪などなく、一面のぬかるみであってくれたらと思います。何故なら、柏子が船から岸に上がって羽目をはずしたその日は、ちょうど霧雨が降っていましたので。あの土地は、私が家を離れて、よその土地で暮らすようになった最初の場所で、こっそり一人の書記官の辞源を開いて読み、また三人でそれぞれ三角四分ずつ出し合って申報を購読した[2]のも、あの土地ででした。私たちの可哀そうな父さんと私が最後に会ったのも、そうです、私が幼かった頃にはよく可愛がってくれたし、成長してからは私に物事を教えてくれた父さん、あの父さんと最後に会った[3]のもこの土地でした。この土地は私にとっては実に大きな意味が有ります。私は綿入れの軍服を着て、毎日あの南門口へ湯円を食べに行きましたし、河岸の街では、船で使う木製滑車や、竿の先に取り付ける金具、火打ち鎌など、私にとっては宝物の品々を売る店に行って鑑賞[4]していました。私の教育は大部分がここで始まりましたし、またこの土地で私の生活の基礎が築かれたのです。一人の人間にとって前後の生活の差が大きすぎると、記憶の累積と分量は極めて重くなります。曹雪芹の生活は最初あのように豪奢で、後に落ちぶれました。私は年若い頃あのように孤独でしたが近来幸福です。しかしいずれにせよ、境遇が二様になるのは、一人の人間にとって、じっさい惨めです。私は今に至っても、やはり過去のすべての災難のせいで少々憂欝になります。あなたが私のそばにいてくれても、あれら死んだ出来事や、死んだ人々が、相変らず招かれざる客のように、常に私の心に近づき、私をどこまでも悲しませます。それにひきかえ、あなたはあまりに幸せです。あなたに見えるのは私の一つの面だけです。あなたは私を愛しています。でも、愛してくれているのは、あらゆる生活をしのいで、やっと転機に達した私です。あなたには、私が過去において、全く見慣れぬ社会でどのように長い日々を過してきたか、絶対見当が付かないでしょう。

小船はもう半時間も経てば……いや、もうすぐ停泊です。船はもう「楊家岨」に着いていて、ここにも吊脚楼があって、まるで中空の楼閣みたいで、目を楽しませてくれます。小船は大きな岩に横付けしているので、一跳びすると岸に上がれます。岸辺では女の人が話をしていますが、何を話しているのでしょうか。ここにはもう雪がなく、山の色はどこも褐色で、遠方の山は紫色です。土地は実に静かで、船一艘見えず、人一人姿はなく、薪の一山も見当たりません。どの辺りなのか、人が砧でものを搗いているらしく、一回また一回と砧で搗く音が聞こえます。対岸でも人が話をしていますが、それでいて姿がはっきり見えません。三三、私は手が完全に凍えましたし、時刻は六時三十五分になったので、ちょっと休みたいです。私の船艙の入り口に風が吹き付けているので、隙間風の入る場所を全部目張りしておかないと、夜中にまた寒いことでしょう。

今、寒さの心配がなくなりました。船艙前部の苫が下されたせいで、風がこちらに来なくなり、全く問題ありません。船の上では魚を炒めていて、油が熱せられた後、ジュッと音がすると、船艙中に煙がたちこめます。私は重湯を一杯飲みましたが、砂糖を少し加えてあって、これはご飯以外に私が口にする唯一の食べ物であり、また私の唯一の飲み物です。私の蠟燭はこれまで使ったのが三本ですから、残り二本で何とか目的地までもつでしょう。湖南西部に来て、私は何故雲六兄さんが彼の懐中電灯を宝物にするのか、その理由が分かりました。どの土地でも夜になると通りは真っ暗です。船が小さな埠頭に停泊した時にはとりわけ困ります。懐中電灯が有ればいろいろと役に立ちます。私はわが家にあるのを持って来るのを忘れてしまいました。

船が毎日辺鄙な場所にばかり停泊するので、私は本当に少々不安です。今日の埠頭には私の小船一艘しか見当たらず、ぽつんとこんな所に停泊しているので、どうも怖くてなりません。この船にいる例の軍隊を脱走した水夫が、私のトランクの中味を勘違いしたら、「一日、また一日とよー」を途中まで歌って、がらり態度を変え、全く別の腕前を披露にかかる恐れも、実際、ない訳ではありません。三三、これは冗談ですよ。今、また一隻の大きな船がやって来ました。しかも上流へ向かう船です。例の水夫は私からお金を受け取ると、吊脚楼へ阿片を吸いに行きました。後で帰って来たら、彼は私に河街の吊脚楼や、足の大きな女が阿片玉を火で炙る時の話をしてくれるでしょう。私は彼に金を出して楽しんでもらい、彼の方では私に新鮮な事柄を沢山教えてくれるのです。もしこの男に字が書けたら、そして知っている字で自分のすべてが書けたら、彼こそ正真正銘のプロレタリア作家です。この男が口を使って物語を話す時には、細かな描写や、ちょっとした感想も上手に付け加え、単なる一つの口とはいえ、諸々のペンで書かれた物語などよりずっと深味が有ります。

あの河街の阿片の店をちょっと見たい気がするので、灯りさえ有れば、ほんとうに岸に上がって出かけそうです。明日は是非辰州の河街に行きたいですし、また実家が霊官巷に建てている新しい家[6]も見に行かねばなりません。

食事がすんだら、頃合を見計らって、また話を聞かせてあげましょう。

訳注

（1）柏子は、沈従文の短編小説「柏子《パイツ》」（『小説月報』第十九巻八号、一九二八年八月）に描かれている水夫の名前。柏子は常徳と辰州（沅陵）の間を往復する船の中で働き、船が辰州の船着き場に着くと、なけなしの金を懐に、吊脚楼の馴染みの女の所へ行き、一時の喜びにひたる。「柏子」は『小説月報』の初出版以外のテキストでは、細部ながら、水夫と娼婦との会話や情景描写のセクシュアルな描写が修正されている。現在、沅陵県全体の人口は六十万強。その半分は土家族、白族、回族などの少数民族が占める。

（2）『従文自伝』「辰州」、「姓文的秘書」参照。

（3）沈従文の父親は沈宗嗣（—一九三〇）。若くして軍人となり、義和団事件後、郷里に帰り、黄英と結婚、九人の子女をもうけた。父は沈従文の幼少時、彼に大きな期待をかけたが、辛亥革命後、選挙で破れたせいで腹を立て、鳳凰県を飛び出て北京に行き、仲間と鉄血団を結成、袁世凱暗殺を謀った。計画は露見し、彼は東北に逃れ偽名を使い放浪生活を送った。一九二三年夏、沈従文が軍閥の部隊での生活に終止符を打ち、保靖より沅陵を経由して北京に向う途中、この地で軍医となって暮らしていた沈宗嗣と十余年ぶりに再会した。この時、沈従文は父親から初めて自分の本当の祖母が苗族の女性であることを聞かされた。

（4）『従文自伝』「辰州」参照。

（5）沈従文の兄は当時、沅陵の霊官巷で新しい家（芸廬）を建築中。『湘行散記』「一九三四年一月十八日」（一九三四）、「芸廬紀事」（一九四七）、「一個伝奇的本事」（一九四七）参照。抗日戦争勃発後、沈従文はここで三か月ほど滞在、聞一多、蕭乾等、北方より昆明へ疎開する知識人たちを接待した。

写真８　沈従文の父と母、沈宗嗣と黄英。(『沈従文全集』13 から)

写真９　辰州（沅陵）船着き場、水上風景。

21. 淵での夜漁

私はご飯を一膳しか食べませんでしたが、魚は少なからず食べました。今、七時四十分で、あなた方も食事をすませた頃でしょう。私たちの短期の離別では、私が辛い思いをしなければならないのは当然で、これでもって、二人いっしょの時うっかり仕出かした失敗も、埋め合わせができます。車に同乗した際、新聞を読みながら私が見せた表情も、あなたは忘れてくれるのではないかと思います。過去の様々な出来事を思い返しながら、あなたにだって弱点や欠点が有るはずだから、そいつを見つけ出したら、別離の苦痛も少しはましになるかと思いはします。しかし意外にも、探せば探すほど、思い浮かぶのはあなたの素晴らしさばかり……

夜も遅く、船は停泊していて、写真に水がかかる心配もないので、今、あなたと四丫頭《スーちゃん》の写真をトランクから取り出しました。あなたたちが写真の中からぴょんと飛び出してくれたらと思い続けていて、本気でそんなばかな思いにふけっています……あなた方の写真をもっと持って来るべきでした。九九《9ちゃん》と元和姉さんの写真も忘れてしまいました。もし全部トランクの中に揃っていたら、かなりの時間、これらの写真を相手にいろいろ議論し、或いは、物語を話すとか、あなた方の口まねをやって、ふざけるなどできたでしょうに……現在十日目ですが、今もって笑うきっかけがありません。三三、四丫頭《スーちゃん》についてですが今でも食事の時に彼女の足を蹴飛ばしたりしていますか。是非、私に代って毎回、一発ずつ蹴飛ばしてください。それから九妹《チューメイ》ですが、彼女は知らない言葉についてもっとあなたに聞くべきで、英語はもちろん、中国語についても、まだまだ教わらねばならない事が沢山有ります。また巴金(1)ですが、彼には手紙を書いていないので、私の旅行中の事情についてはかいつまんで彼に話し、そして彼に少し文章を書いて、雑誌に発表するよう頼んでください。それから楊先生[1]へは、あなたから私の旅行の情況を伝えてください。私は昼も夜もあなたという三三なる女性へ手紙を書き続け、これ以外の手紙は全然書いていませんし、その機会もないので、それぞれあなたから一言声をかけといてください。

今はもう九時ですが、この場所はほんとうに静かで、どうも静かすぎて怖いほどです。夜になって風が出て、それも強く吹いていますので、明日もこの調子で一日中風が吹けば辰州到着が早くなります。思うに、後五日で実家に着けたら一番良いのですが……これまでの手紙で私は母さんの病気[2]について、何一つ触れませんでした。彼女はもうずいぶん病気が重いのではないか、私は心配で仕方ありませんし、逆に、もう病気は回復しているのに、この短期の帰省では私とすぐさま別れないといけないので、それがもとで母さんの病状が悪化するのではないか気がかりです。私は不安でなりません。三三、この十日あまりの間、私宛に沢山の手紙が来たはずで、まさかその中に雲六兄さんからの良くない知らせなどなければと思います。各所から来た手紙はあなた方で目を通し、返事が必要なものは、あなたが私に代って一通ごとに返事を出してください。私が今回出かけてしまって、あなたは目が回る思いではないでしょうか……

三三、この川の静けさの中で、ある心地良い音がしていて、それは、実は漁師が大きな拍子木を使って漁をしている音で、燃えさかる火を船首に据え、水中には流れを遮る網を仕掛け、拍子木で音を立てながら川中をめぐって、拍子木の音と火の光で魚を驚かせると、魚は四方八方に逃げようとして網に引っかかります。この拍子木の響きには強弱の変化が有り、それを聞いているとたいへん感動的です。この種類の漁法は、書物の中で見ることはできません。これ以外に、火の光で魚を照らしたり、鶏を入れる竹篭で魚を捕えたり、毒草で魚を気絶させる方法などがあって、書物を読むだけでは、どこを探したってこうした漁法の記述は有りません。

私の小船が停泊している場所は淵の中なので、ことのほか静かですが、却ってこのために、ある種の音は何時までも私を寝付けなくさせそうです。船の真下では波が打ち付け、ぴしゃぴしゃと響いています。時間はもう九時四十分、本当にもう寝ないといけません……

漁のための拍子木は奇妙な音で響き(3)、これほど静かな場所にあって、こんなに奇妙な音が聞こえて来るので、もしも四丫頭《スーちゃん》がこれを聞いたら、きっと仰天して大喜びするでしょう。これは一編の美しい詩とも言えましょうし、また聞く者を怪しく魅了する一種の呪文とも言えます。だって、この音が響く中で、水中にいる沢山の魚が皆網に引っかかる訳だし、同時にまた、これを聞く人次第では、この音によって土匪が来る際の様々な気配を連想するでしょうから。三三、およそこの川に在るものはすべて、このように恐怖と新奇と美しさが捏ね合わせられたかのような感じなのです。この種類の美しさを深く味わうには、それなりの代価を支払う必要があります。私の払った代価は高すぎたようですが……私がこのペンをまだ置こうとしないのは、確かに少々自分勝手かも知れません。もう少しだけあなたと話していたいのです。このような一枚の葉っぱみたいな船の中で、三三に手紙を書いているなんて、やはり滅多にできない事じゃないでしょうか。一晩中でも書いていたいです。夢を見ても証拠は何も残らないから、むしろこうしている方が良いのです。

……

訳注

(1) 巴金は、書簡19、注(9)に前出。当時、彼は沈従文家に逗留し、食事の際には張兆和、沈岳萌、張充和ら若い女性たちと同席になるので、恥ずかしがって、うつむいたままろくに顔を上げることもできず食べていたという(張兆和インタビュー、一九九四年八月二十四日)。

(2) 母親黄英(一一九三四・二・二十三)は、鳳凰県の実家で病床に伏していた。沈従文の帰省は母を見舞うためのものだった。これより一年あまり前の小説「静」(一九三二)に、肺結核を患った母らしい人物が描かれている。

(3) 拍子木を使う夜の漁の記憶は、『湘行散記』「鴨窠囲的夜」(一九三四、四)に反映されている。

原注

［1］楊振声先生を指す。

訳注　楊振声（一八九〇―一九五二）は小説家、字金甫、又は今甫、山東蓬莱の人。北京大学に学び、『新潮』『現代評論』『新月』などに作品を発表。短編小説『漁家』『貞女』他、中編小説『玉君』などがある。北京大学卒業後、コロンビア大学に留学、帰国後は北京大学、武昌大学等で教授を歴任。当時、北京で小中学校教科書の編纂事業に携わり、沈従文は朱自清、呉晗らとともにこの事業に従事していた。

22. 横石と九渓

十八日午前九時

七時前には目が覚めていたのですが、船の中でそのまま起きないでいました。手紙を書くのはよそう、こんなに沢山の手紙、あなたには読みきれやしないと考えていました。起きてみると船はもう動いていて、私は顔を洗い、さて食事もすませると、いやはや相も変らずたあいもない仕事に取りかかってしまいました……今日、私の小船はともあれ一つの大きな埠頭に着きます。私はちょっと気が急いていますが、まあそれもほんの少々です。ひょっとすると夜にはもう、電話を通してですが、私は三弟《サンディー》と話ができるかも知れません。いや必ず何とかして彼らと連絡が取れるようにしましょう。そしてあなたには電報を打たねばなりませんが、この電報が家に届いたからといって、びっくりしたり、困ったと思ったりしないでください。あなたが電報を受け取るのが十九日中なら、私の船はその頃には辰州から瀘渓(1)へ向かっているはずで、夜には瀘渓で休むでしょう。この土地に関して私はあまり愉快な気持ちになれません。私はこの土地には何回となく立ち寄りましたが、好い印象を持ったことがありません。風景も駄目、街並みも駄目、川も駄目です。しかし二十日に到着する浦市(2)はなかなか立派な土地で、数十年前にはここはたいへん有名でした。街の対岸にある大きな廟は、北京の碧雲寺(3)よりも見事です。この土地の山の峰々と人家はいずれも落ち着いた趣が有ります。ここの名物は太った人間と、大きな豚と、紙と、爆竹です。造船所の規模は全く立派なものです。大きな油坊では桐の実が蓄えられて一年中搾油が行われ、職人たちは長く声を引き伸ばして搾油の歌を歌い、川岸で油の竹籠を日干しする時には、一千個ほどもの竹籠がずらりと並べられます。川では一年中大きな木の筏が停泊し、大きな黄色の船舶も停泊していて、これらの大型船ともなると、船尾の高さはどれも二丈《約六メートル》ほどにも達し、その下を渡し船で通りかかると、まるで大きな家を見上げるような感じになります。そして上方には大抵、金泥で「福」や「順」の一文字が書いてあります。この土地からは魚が取れ、魚屋もたいへん立派です。もっともここの船着き場は数十年前にはもっと繁栄していたのだそうで、私が十数年前に来た時にはもう凋落していました。凋落の原因は川辺に砂洲が生長して、船舶の着岸が不便になり、水路が変ったためで、これにともない商業もさびれました。その「旧家」の風格を示すもの、つまり大きな建物とか、大きな寺とか、大型の船とか、立派な土地のたたずまいなどは、今や商業とまるで不釣合いな感じになっていて、正にその故に、この土地は見る者の胸を打つのです。かつて私はその寺で半月から二十日程の間、守備隊第一団に属して駐屯した経験があって、寺の壁には詩が数多く書き付けられ、花も沢山有り、また「大蔵」[1]があって、その有様はまるで塔のようで、高さは五丈《十六メートル》もあり、大きな堂の中に置かれ、それの上部は木を組み上げて作り、びっしり仏像で飾られていました。数人がかりでこれを回転させると、びっくり仰天するような音がして、まるで龍が天空で叫ぶかのようです。このようなものは中国の寺では多くなく、勅令で建立された大きな寺院でない限り、設置は許されなかったようです。

私の船はまたしても大きな早瀬を上っていますが、ここは名前が「横石」で、船がここを下る場合は多少なりとも浸水なしにはすまず、ここを上るとなれば大型船の場合は難渋を極めますが、小船だとよほど楽で、上りきるのに二十分もあれば大丈夫です。今、船は大波の只中に入り、私はあなたと四丫頭《スーちゃん》の写真を抱きしめているので、かりに波にさらわれても、私は一人ではありません。

三三、大きな船が急流の中に残骸をさらしていて、そのすぐ横を私の小船が通って行くので、船内の一切が何もかもよく見えます。私の船は危ない所はもう通過しました。私の書いた字を見れば、それがすぐ分かるでしょう。

船が波間にいる時は左右にひどく揺れました。現在、また二番目の早瀬を上ろうとしていて、船引きの水夫は水につかったまま船を引かねばならず、指の太さはどの纜一本で船一艘持ちこたえているなど、あなたに到底想像できないと思います。でも安心してください。この早瀬も上りきりました……

私は一つの選集を出そうと思っています。[2] その理由は、一通り自分の文章を読み返してみて、公平に言って、私は確かに目下、作家と称される何人かの人々よりも一段優れていると思うからです。私の仕事は今後、一切を超えてさらに上りつめて行くでしょう。私の作品はこれらの人々の作品より永く、またより遠方まで伝わるでしょう。私にはそれを拒んだりできません。うぬぼれているのではありませんが、私の選集が印刷されれば、私の作品の精華がどこにあるのか、読者たちに一定の印象を持ってもらえます。これまであなたには何編もの文章を筆写してもらいましたが、私が選ぶ積りでいるのは、記憶を頼りにすると以下の数編です。

柏子、夫、夫婦、会明（いずれも農村の平凡な人物を主人公として、彼らの人間味の最もよく現れた一面を書いた作品。）

龍朱、月下小景（いずれも異民族の若者の恋愛を主題として、彼らの生活の一こまを書き、全体に透明な知恵が行きわたり、それに対して詩情と絵心を織りあわせた作品。）

都市一婦人、虎雛（性格の強烈な一人の人物を主人公とし、毒を持ち、光を放つ人格を描写したもの。）

黒夜（革命者の生活の一断片を書いたもの。）

愛欲（物語を書いたもので、アラビアンナイトの作風を用いて書き上げた作品。）

この他にも使えそうな作品はかなり有るはずですが、私の考えではせいぜい十五編までで止めておこうと思います。或いは少しばかり新しく書くかも知れませんので、それについてはあなたに選択してもらいましょう。他にまた「私は何故創作するのか」の題名で文章を作り、私が他の人の生活をどう考え、自分はどう生活しているのか、また、他人の作品をどう考え、自分ではどう作品を書いてきたのか、その経過を書く積りです。この計画に賛成してくれるなら、先ずあの「愛欲」の物語を私に代って筆写してくれませんか。この物語を書き写すに当たっては、例の緑格子の紙を使い、「柏子」の時と同じようにしてください。この本は私の予想では購入する人が必ずいるはずだし、読者は十万人はいるでしょう。

船は辰州まで後わずか三十里という所に来ていて、山の雰囲気もこれまでとはずいぶん異なり、川の水はよほど穏やかになって、ここでは一山ごとに黒と浅緑色が交互に現れるようになっています。両岸の人家は次第に増え、竹も比較的多く、しかも川辺で船を造るなり船体の隙間の目張りをしている人がいるらしく、木槌で木材を叩く音が間断なく聞こえてきます。山には雪はなく、太陽が姿を見せないため寒いのは確かですが、天気は何故か明朗な感じがします。また私には両岸からたびたび子供の泣き声やら、牛が鳴く声が聞こえます。小船はこれから大きな早瀬を上ろうとしていて、一つの木の筏のそばに停泊していますが、筏の上には大勢の人がいます。この早瀬を上りきれば、残すところは一個所、延々と急流の続く場所が有り、そこを通過してしまえば、もう辰州到着です。今、もう十二時になろうとしているのに、何と鶏が鳴いています。あなた方は今頃ちょうどご飯を食べている最中でしょう。思い出しましたが、食事をする時間にいつも郵便配達が来るのでしたから、あなた方はきっと私の手紙を待っているのです。しかし、こちらの方では、たまった手紙が多すぎるほどの分量になりました。辰州に着くまでだけで、もう三十枚以上(4)になっているでしょう。これは一包みなので、一通にはなりません。これほど沢山の手紙をあなたが受け取ったら、先ずもって、どれから読んで良いか分からなくなります。あなたはひとまず全部取り出して、順番どおりに確かめて並べ直し、一つの冊子に綴じてこれを読む他ないでしょう。面倒でなければ、そのようにしてください。あなた向けのたわいもない話は、四妹《スーメイ》と九妹《チウーメイ》に見せても私はかまいませんが、彼女らに見せるのが絶対いやなら、文字の上から紙を貼り付けて、ハサミで切り取ったりなどしないで……

船はまた大きな早瀬を上っていて、この早瀬は名前を「九渓」と言います。しばらくしたらあなたに一々教えてあげましょう。

……

物凄い水です。天の助けでしょうか、半分まで上ってきました。舳先はもう水浸しで、白波が船のヘリを奔馬のように駆け抜け、あわよくばあなた方の写真を引っつかんで行こうと狙っているみたいで、私の文字もご覧のようにここまで乱れています。それでも私は片手であなたの写真を持ち、もう片方の手で字を書いています。さて、もう大丈夫、早瀬の最初の一段を無事通過しました。

小船が早瀬を上るのは取り上げるほどでもないのに対し、大型船の場合は全く見ものです。今しも四隻の大型船がこれから早瀬を上ろうとしていて、水夫は全員岸に上がり、船尾に残った舵取りの威厳は将軍のようで、舳先に立つ男は上半身裸でいたのが、船が何かにつっかえて動かなくなったと見るや、たちまち水中に飛び込んでしまいました。私の小船は再び奔流の中に入り、この後、第二段目の流れの緩やかな所に出るまで、少し時間がかかりそうです。大型船はまる一日がかりで、こうした早瀬一か所を上り切るのがやっとということもあれば、早瀬の途中で破損し、船から板材を取り外し、川原で小屋がけをして夜を過す場合もあります。三三、この闘争、つまり水とのこの闘いには、少なくとも二十万人の人々がこの川で参加しているのですよ。三三、私の小船は第二段目の危険な個所を通過したものの、もうしばらくするとさらに第三段目を上ります。この早瀬には合計九段ものやっかいな場所があって、ここを遡上するには、まだまだ時間がかかります。私の船は船内まで波が入って来ましたが、たいした影響はありませんので、遠方の人は心配には及びません……

昨晩なかなか寝付けないでいるうちに、これは良い考えだと思うような話をいくつも思い付いたのですが……今日になって波にざぶんとやられ、いざ書こうとしても、今ではすっかり忘れています。今は波がほんとうにひどく、水の勢いはすさまじいばかりですが、船はなかなか順調に上流へと進んでいます。今日は天気が明朗なのに、全くの無風なので、帆を揚げられません。船はまた一つ早瀬を上り、流れはきついけれども比較的おとなしい一段を進んでいます。後まだ四、五段は通過しないといけないでしょう。小船では舳先の男の力が不足なので、臨時の船引きを雇ったのですが、この人物は一人の老人で、白い頬ひげを蓄え、歯は全部抜け落ち、それでいて古代ローマ人のように逞しい体格をしています。先程彼は川原の大きな黒い岩の上にしゃがみこんで、船主と値段の駆け引きをやり、片や銅銭で一千を出せと求め、片や九百しか払えないと張り合い、双方の差額は一分と少々に過ぎず、しかもこの金は全部私が払うにもかかわらず、船主は頑としてこの百銭を余分に払うことに応じませんでした。しかし船が動き出すと、この老人は大急ぎで前方に回り、自分から進み出て船引きに加わりました。現在、船はもう第四段目に達しています。

　小船はもう完全に早瀬を上りきり、老人が船の横に戻って来て金を受け取ろうとしていますが、彼はほとんどトルストイそのままです。眉毛があんなふうに濃く、顔もあんなふうに長く、鼻もあんなふうに大きく、ひげもあんなふうに長く、一切すべて絵の中のトルストイそっくりです[5]。この人物にはどことなく秀逸な雰囲気が有り、それは水辺で生きてきたせいなので、ひょっとすると本物よりも、塵埃に染まっていないために、きれいかも知れません。彼は今また岩の上にしゃがんでいます。彼があのように金を数えるさまを見ていると、あれほどの年齢になりながら、まだあんなに力を出し、百銭の金をめぐって大声でわめき続けた訳で、私は胸の中でこう問いかけずにはいられません。

「この人は何の為に生きて行くのか。また、この何の為に生き続けるのかという問題を、彼は考えたことがあるのだろうか」と。

　この人に限らず、私がこの十日余りの間に会った人たちは、誰も皆こうした問題を考えたりしないみたいです。

都会の読書人にしても、やはりあまり考えはしないようです。しかし、一人の人間としてこの一点に思いを致さずして、この世でしっかり生きて行けるものなのか、不思議でなりません。三三、生存というものはすべて、生存のための生存に違いありませんが、しかしそれは愛するものがあればこその生存なのです。大部分の人はお金を愛し、美味しい食べ物を愛することで事たりて、悠々と生きています。これら大部分の人は正に生きるために生きている訳です。しかし、少数の者はどうでしょうか。彼らはもっと広い視野で物事を考え、民族と人類のために生きています。これら少数の人間は往々にして一つの民族の代表となり、その生命は輝きを帯びる訳で、それと言うのも彼には精力を一つに集中し、生命が輝くようにする力が有るからです。だから私たちは自分を粗末にしてはいけないし、是非とも自分の力を集中するよう心がけるべきです。

三三、あなたは私よりもっと優れていると私は信じていますが、あなたもこの自負を持って、この命を如何にまっとうに発展させるべきか、よく考えないといけません。

　私の小船は一つの静かな長い淵の中に来ています。私は鵜飼の漁船を見かけましたが、この種の漁船は下流では滅多に目にする機会がありません。この種類の船とその黒い変った鳥は、両方とも私が小さかった頃にとても好きだったもので(6)、それらを見るとまるで古い友だちに会ったような気がします。私は鵜飼の船の写真を一枚撮りましたので、写真をもとにおよその感じが分かってもらえたらと思います。私は写真をこれまで四枚写しており、辰州に着いたら、自分が初めて家を出た時に軍隊が駐屯した場所を写真に撮りたいと思っていますが、時間の都合でそううまく行くかどうか気がかりです。私の小船は長い淵を滑るように進んでいて、天気はことのほか明朗で、水は穏やかに静まり返って、少しばかり風も出てきたので、船はたいへんよく進みます。ただ手が凍えてひどい状態で、こんな調子で後五日も続いたらさらに何もできなくなります。北方では手が霜焼けになることはなかったのに、南方に来て寒さのせいでこれにやられるとは、おかしな事です。

私の小船はごく小さな水辺の村に来ていて、雌鶏が卵を産む声や、人が川向こうにいる人間に大声で呼びかける声が聞こえ、両岸の山は高い山ではなく、緑の色合いが心地良く、修繕待ちの何艘もの小船が、岸の上に斜めに船体を横たえ、折りしもちょうど今、人が船のへりをトントン叩いていますが、私には彼らが麻くずと桐油と石灰を船体の隙間に詰めているのだと見当がつきますし、とある筏ではそれの上に小船を載せたまま、静かな淵を漂うように進んでいて、何とも趣が有ります。私は程なく柏子が船を泊めた岸辺に着きますが、そこではそれはもう沢山の小船が集まり、私はきっと千人ばかり正真正銘の柏子を自分の目で見ることになるでしょう。

私はしばらく手を火で暖め、その後でまた書きます。この手紙はもうすぐ郵便に出しますので、私は長目に書きたいのです。たっぷり長いのをあなたがお望みなのが分かっていますから。私の手紙を読めば、私たちが別れた後も、私の心は如何にあなたのそばを離れなかったか、すぐ分かります。

火で手を暖めたら大分良くなりました。この辺りの山はもうすでに浅緑色に染まり、春の兆しを感じさせ、その秀でた素晴らしさは言いようもありません。私の小船は後一つ長い早瀬を上りさえすれば、その後はもう櫂に切り替え、辰州まで櫂で漕ぎながら進みます。今、風が少し出ていて、船足が前よりもっと速くなっています。辰州到着後、あなたの写真は岸に上がって遊びに行けますが、四丫頭《スーちゃん》の大きな写真はトランクの中でじっとしている他仕方がないでしょう。辰州にはこの人と出会えたらと思う人物が何人かいまして、もしも彼らに会えたら上流に進むのが楽になります。辰州から私の県までわずか二百八十里、或いは、二百六十里、乃至二百二十里あるばかりで、輿に乗れば三日で着けますので、私は輿に乗り換えます。家に着いたら、あなたの手紙が先に届いているのではないか、手紙の中には私たちで撮った写真が入っているはずで、楽しみにしています。

船は私が先程書いた最後の早瀬を上っている最中で、またしばらく手を休めて、この長い早瀬を通過したら、再度あなたに一部始終を教えてあげましょう。あなたと別れて後、私が考えるのはあなたに手紙を書くこと以外に何もなく、思うに当時あなたが私にもっと冷たく、もっとつれなくしていたら、私はさらに何年かの間、思いのたけを搾りつくすまで手紙に書き、あなたはもっと楽しい思いをしたのではありませんか。

……

二哥

一月十八十二時三十分

訳注

(1) 瀘渓、沅水の支流、武水の下流にある埠頭、現在の人口二十四万余、苗族が全人口の約三十パーセント強を、土家族が十五パーセントを占める。

(2) 浦市、瀘渓県内にある土地。水路及び道路ともに県城に通じるので、浦市の埠頭は湖南西部の主要な港となっている。

(3) 沈従文は一九二五年に北京西郊の香山慈幼院図書館で働くことになった際、近隣にある碧雲寺をたびたび訪れている。

(4) 本書簡集で数えると、沈従文は桃源から、辰州到着の直前の「歴史は一筋の川」まで合計二十三通の書簡を書いている。

(5) トルストイそっくりの老人については、『湘行書簡』「一九三四年一月十八《ママ》」(一九三四、六)に書かれている。

(6) 鵜飼は沈従文の故郷、鳳凰県で、県城北側を流れる沱江で現在も行われている。齊藤大紀「鳳凰県の鵜飼い」『モーリー』二〇〇三年九号参照。

原注

[1] つまり転輪蔵のことで、浦峰寺内に設置。

[2] これは選集出版に関する考えを作者が初めて言及したもの。二年後に『従文小説習作選』として上海良友図書公司から出版された。

訳注 『従文小説習作選』、一九三六年、上海良友図書公司。収録作品、短編小説「三三」、「柏子」、「丈夫」、「阿金」、

「会明」、「黒夜」、「泥濘」、「灯」、「若墨医生」、「春」、「龍朱」、「八駿図」、「腐爛」計十二編、『月下小景』所収「月下小景」、「尋覓」、「女人」、「扇陀」、「愛欲」、「狩人的故事」、「一個農夫的故事」、「医生」「慷慨的王子」計九編、合計二十二編、『従文自伝』、中編小説「神巫之愛」。

写真10　『沈従文小説習作選』（上海良友印刷公司、一九三六年初版）の背文字。

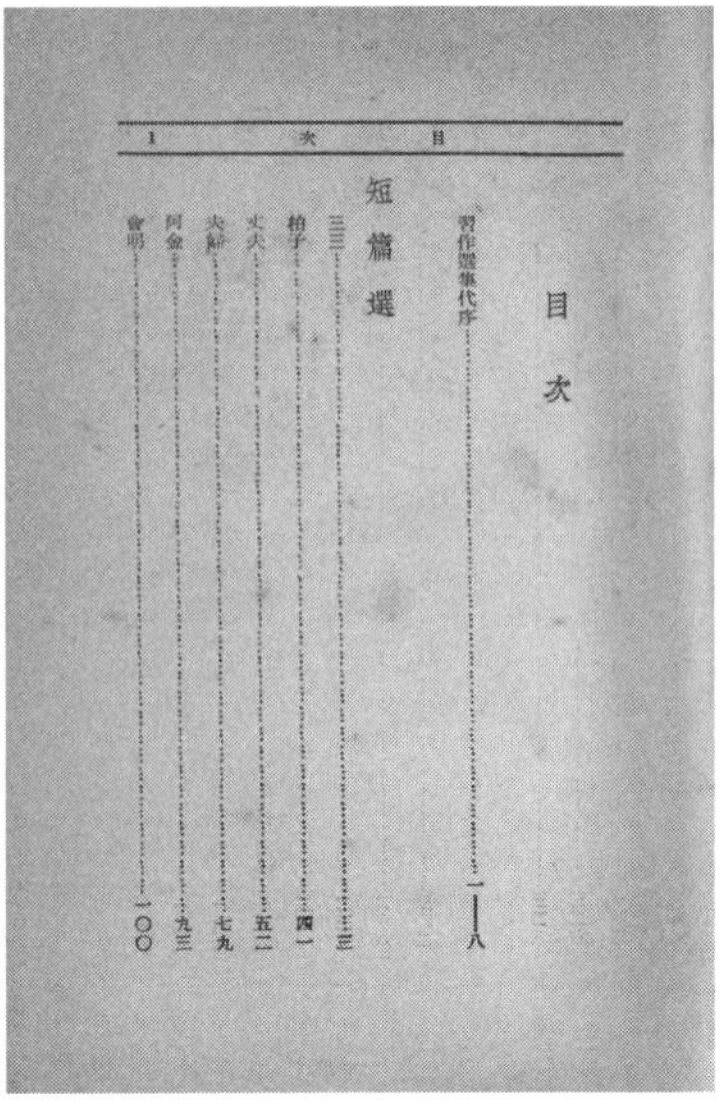
目次　1

目次

習作選集代序……一—八

短篇選

三三……三
柏子……四一
丈夫……五二
夫婦……七九
阿金……九三
會明……一〇〇

写真11　同書目次。短編選の冒頭に「三三」「柏子」が配置されている。

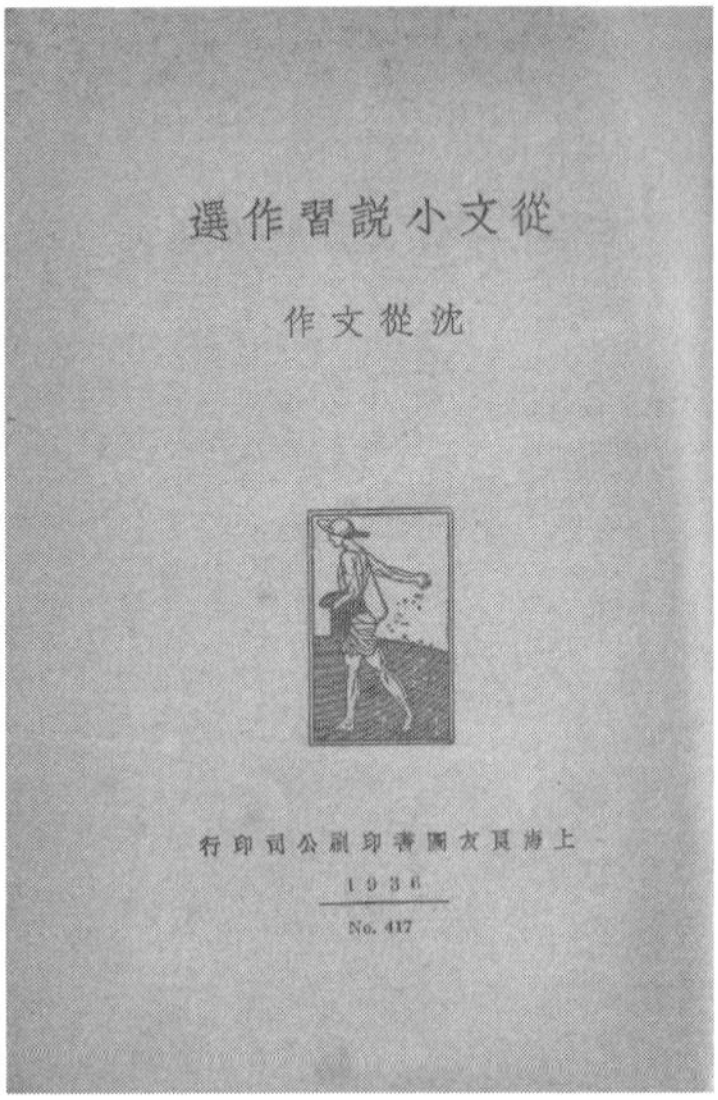

写真12　同書扉。

23. 歴史は一筋の川である

十八日午後二時三十分

私の小船は主立った早瀬を全部上りきり、今は一枚の鏡のような淵に辿り着き、山と水は西湖の如く秀麗で、太陽が昇り、両岸の小山は浅緑色をしています。辰州までここからわずか十里のみ、必ず今日、早い時刻に到着します。写真を一枚撮りました。一群の船引きの人々の写真です。ちょうど今、太陽が私の小船の船艙の中まで射し込み、その光景の明媚なことは、あなたとどこか似ています。外に出て長く立っていたせいで、手の感覚が鈍り、文字がうまく書けません。例の手袋をはめれば良いのでしょうが、手袋をはめたまま手紙を書くのは、魚と熊掌を同時に欲しがるのと同じで、土台無理な話です。私は熊掌をあきらめ、魚を食べる方を選び手紙を書き続けます。この手紙は後三、四時間もすれば郵便に出せるので、私は嬉しくてたまりません。ずっと以前にあなたに速達を出したのを思い出します。あの頃の気持ちは言いようもなく苦しく、憐れむべき有様でしたが、今はそれも過去の出来事になりました。こうした手紙の無様な部分をあなたに指摘されても、今の私は平気で、むしろ、これらとりとめのない手紙の中から不必要な部分を是非指摘して欲しいのです……

私はもうそろそろ目的地に着きそうです。もし今この時、私たちが二人でいっしょに上陸し、街に行き、人を訪ねて行けたらどれほど素敵でしょうか。目的地に着いて親戚の人々に会った際、彼らが私に向かって開口一番、口にするのは、きっとあなたに関する質問でしょう。私は、誰であろうとあなたについて聞く人間がいたら、「ポケットの中にいます」と答えようと本気で考えています。

三三、天気があまりに良いので、ずっと船艙後部に立ったままで水を見ているうちに、私は突如、心中に少々何か悟ったような気持ちになり、同時にまたこの川から多くの知恵を得たような気持ちになりました。三三、確かに間違いなく、多くの知恵を得たので、これは知識ではありません。私は何度もそっとため息をつきました。山の夕日は強く私を感動させ、水底の様々な色の丸石も強く私を感動させ、私の心の中はいささかの澱もなく、透明で明るく、川の水にも、夕日にも、船引きの人と船に対しても、すべてが愛おしくてならず、有り余る温かさでもって愛しさを感じます。私たちはふだん歴史を読んでいるではないですか。一冊の歴史書は別の時代の最も出来の悪い人々が互いに殺し合うこと以外に、一体何をわれわれに教えてくれるのでしょうか。しかし、真の歴史とは、実は一筋の川なのです。あの日夜絶え間なく流れる千古不易の水の中の石と砂、腐った草木、朽ちた船板は、私をして、ふだん私たちが顧みたりもしない、幾ばくかの年代の、幾ばくかの人類の哀楽に触れさせます。ごく小さな漁船が黒い鵜を乗せ下流へゆっくり漕いで行くのを眺め、石の河原で船を引いて行く人々の前に傾いた姿を眺めていると、どちらに対しても私は異常なほどに感動し、異常なほどに愛さずにはいられません。私は少し先にこれらの人々の憐れむべき生、為すところのない生について書きましたね。いやいや、三三、私は間違っていたのです。これらの人々はわれわれわれからの憐れみなど必要としていないのであって、われわれはむしろ彼らを尊敬し愛すべきなのです。彼らはあのように厳かに忠実に生き、しかも自然の中でおのおの自己の運命を背負い、自分のため、子女のために生き続けているのです。如何なる生き様であれ、生きるためにすべき一切の努力から決して逃れようとしないのです。彼らはその与えられた習慣と生活の中で、運命の中で、彼らなりに泣き、笑い、食べ、飲み、また寒暑の来臨に対しては、四季の運行の厳粛さをより強く感じ取るのです。三三、どういう訳か分かりませんが、私はひどく感動しています。私はできれば長く生き、そして生活を私自身のこの仕事の上で発展させたいと思います。私は自分の力を用いて、所謂人生について、如何なる人よりも厳粛で透徹した解釈ができるでしょう。三三、長い間水を眺めているうちに、私は水中の石から、ふだんは得られそうもない幾ばくかのものを得、人生について、また愛憎について、どうやら他の人々とはまるで違うようになったみたいです。私はひどくもの悲しく、結局、私は深く、先々まで考えすぎて、私自身を受難者にしてしまったみたいです。今、私はことのほか軟弱になっていますが、それは私が世界を愛し、人類を愛してしまったためなのです。三三、もし私たちが今この時二人いっしょにいたら、あなたは私の目が涙にぬれてどんな状態になっているか、分かるはずです。

三三、船はもう税関に着きました。(1) 半時間経ったら私は岸に上がれます。今晩私は恐らく手紙を書く時間が有りませんので、われわれはさよならを言わないといけません。三三、あなたの品の良い穏やかな目でもって、この手紙に何回も接吻してください。明日、もし上流へ進むようなら、手紙は浦市まで持って行って、そこで郵送します。

二哥

一月十八日午後四時半

ここは、辺り一面すべて船です。

訳注

(1) 川面の光景から触発される思索、及び辰州(沅陵)到着は、前書簡30、同様、『湘行散記』「一九三四年一月十八」(一九三四、六)に反映されている。

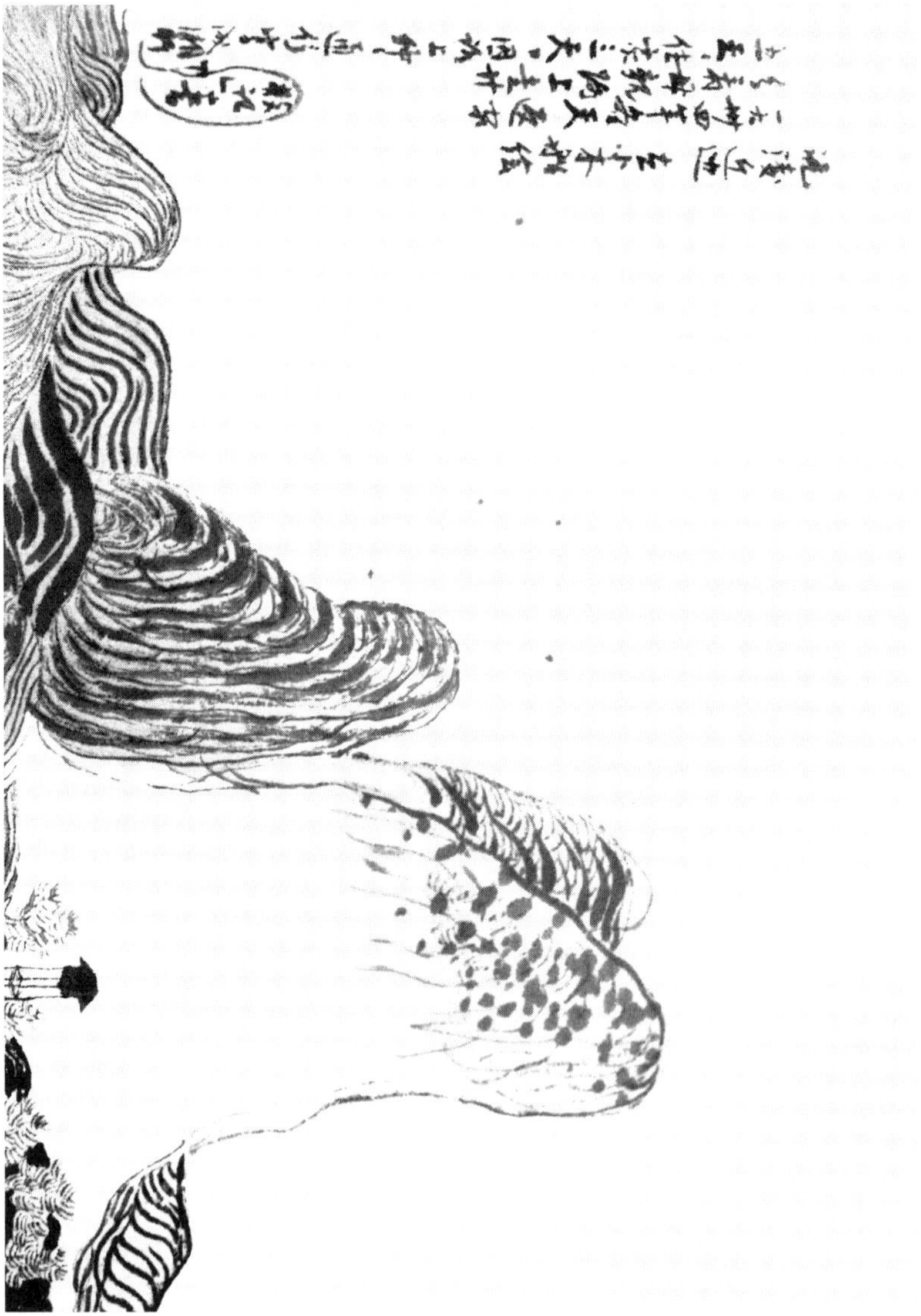

挿絵6（沅陵下流）

……私は何度もそっとため息をつきました。山の夕日は強く私を感動させ、水底の様々な色の丸石も強く私を感動させ、私の心の中はいささかの瑕もなく、透明で明るく、川の水にも、夕日にも、船曳きの人と船に対しても、すべてが愛おしくてならず、有り余る温かさでもって愛しさを感じます。

（『沈従文全集』第十一巻、二二四、二二五頁参照）

訳注

絵の左端の文字は旅行後に記され、本資料と『湘行散記』の関係を述べる。

原文

「沅陵近辺　在小木船絵
一九三四年冬天返家郷看母親，
路上走廿五天，住家三天。固路上種
種通信写成『湘行散記』一書。」

訳文

「沅陵近辺にて　小さな木造船での絵
一九三四年冬郷里に帰り母を見舞う。途中二十五日を要し、家には三日滞在。途中の種々の通信により『湘行散記』一冊を書く。」

24. 辰州を離れ溯上する

……………〔1〕、今日はひどい霧なので、日中に出る太陽はよく照りつけると思います。乗船の際に腸詰と麺を持ち込みましたし、身の回りの世話を焼いてくれる副官殿が一人加わりましたから[(1)]、今後の行程は満足なものになります。

北京への電報は昨晩打ちましたので、この時刻にはそちらに届くはずです。私の書きためた手紙は、到着後すぐ郵便に出す積りでしたが、家に着いた時には[(2)]、郵便局ではもう書留便の取り扱いができなくなっていたので、雲六兄さんに全部頼みました。私の手紙は二包みに分けていて、やや小さい包みは一日遅れで出すはずですが、雲六兄さんは同時に出してしまうかも知れません。

今後の行程では、これから川を上り、実家で三四日も滞在したら、帰途につけるでしょうが、川を下って引き返す途中、辰州に立ち寄りますので、あれら土地の友人や要人たちに引き留められ、もう一日か二日予定が延びるかも知れません。実際、気が急いてなりません。少しでも早くあなたに会いたいので。

同行の副官殿が今、いろいろ自分のことを話してくれていますので、後であなたに教えてあげましょう。

二哥

（十九日）十時三十分

訳注

（1）原文「副爺」、この次の書簡34．に続いて書かれる「虎雛」と言う二十歳過ぎの兵士。

（2）鳳凰県の実家ではなく、沈雲麓（沈雲六）の設計で沅陵に新築された芸廬。書簡20・注（5）参照。

原注

［1］もとの手紙の一枚分、約九百字が欠損。

写真13　沈従文の兄、沈雲麓が沅陵霊官巷に建てた家、芸廬の一部。1990年6月、糜華菱撮影。

25. 虎雛の印象

時刻はもう午後二時で、船は小さな早瀬を上り、平らで開けた場所を前方へと進み、川幅がこれまでより広くなり、両岸の山はもう高くなく、太陽の日差しがたいへん明るいので、光線がこの紙を照らし私の目を眩ませます。実に良い気持ちです。私の手は腫れがひき、足もさほど寒くありません。あの虎雛がどんな暮らしをしてきたのか(1)、彼が話すのを半日ばかり聞いていました。この副官殿は、現在まだ二十三歳の手前ですが、彼は七八才で人を殺し、一人故郷を飛び出して外の世界へ行き、草刈りをやり、山賊となり、茶摘みをして働き、兵隊になりました。七年間兵隊だったので、普通の教授などよりはるかに多くの物事を知っています。けんかと酒の経験はずいぶん積んでいるでしょうが、仕事のできる愛すべき人物です。私の三弟の部下となって三、四年目で、何であろうと彼に任せられるので、本当にこれは凄い人間です。彼は数々の戦闘やひどい目に遭った話、処罰を受けた経験などを話しましたが、いずれもどんな本にも書いてない事柄です。彼の広く深い知識、また、見識が豊かで、自分の観念や考えを仔細に説明する才能に対して、全く私は敬服する他ありません。今度の旅行でいろいろと学べるだろうと私は書きました。他事はさておき、このようなたった一人の人物からでも、私は有り余る有用な知識と知恵を得られます。

今、陽の光が本当にきれいです。

われわれの地元の家の方へは、兄が昨晩、電報を一本打ちましたので、実家では電報が届いてからは、さぞかし皆で喜んでいるでしょう。今回、誰も私が帰って来るなどと考えていませんでしたから、辰州では何人もの友人がすっかり驚いていました。実家に到着した日には、地元の人が私を見たら、もっとびっくりするでしょう。あまり長い間、家を出たままでいるのは全く良くなく、何もかも今では要領を得ず、まるで客人も同然で、私は話をするのも難しい気がしました。

昨日、私の船が停泊した場所は、ほかでもなく十五年前に私が辰州にいた時、柏子が船を泊めるのを見かけた場所なので、私はもともと写真を一枚撮る積りでしたが、もうここまできたので、戻って来る時、自分を柏子に見立てて一枚写しましょう。

天気が良いと私はもの悲しい気分になります。今日の川は澄んでいて浅く、川底の大小不揃いな石は、一々手に取って数えられそうで、まるで碁石のようです。少し大きな石には必ず浅緑色の細い水草が付着し、流れにあおられ、身をくねらせています。この広々と平らに広がった川床、及び、水中にあるものすべては、皆あか抜けた美しさをもっています。際立ってきれいです。両岸の山と木々は絵に描いたようで、秀逸で風情が有ります。このような一筋の川の中を船が進んで行くのに、船艙にあなたの姿が見えないのは、あまりに不合理な気がします。

やはり少し寝なければと私は思います。昨日は三時間眠っただけです……

会う人ごとにお前は少し太ったと言い、そのように人から言われても俄には信じ難い気持ちでしたが、彼ら自身の体付きからすれば、成る程と納得しました。昨日会った知人五人のうち、生れつき太っているのは一人だけで、それ以外は各人とも、私よりやせているようでした。ここの人はしゃべる時に皆大きな声を出し、ものを食べるとピーナツや蜜柑の皮を辺り一面に投げ捨て、人の家に訪問しても屋内で帽子を脱ごうとせず、興味深い限りです。

二哥

十九日午後三時

訳注

（1）この二年ほど前に沈従文が発表した短編小説「虎雛」（『小説月報』第二十二巻第十号、一九三一年十月）では、「私」は郷里から来た少年兵士に、上海で高等教育を受けさせる夢を持つが、いざこざに巻き込まれた少年は、相手を殺して行方不明になる。湖南西部出身のこの少年を指して作者は「虎の赤子」と呼ぶ。旅行後、沈従文は『湘行散記』「虎雛再遇記」（『水星』第一期第一巻、一九三四年十月）を書いている。J. キンクレー *The Odyssey of Shen Congwen* によると、日中戦争の際、最前線で負傷した沈荃（書簡中の三弟、また六弟）を救出したのは、この人物らしい。沈従文はまた、旅行の二年後、一九三七年五月に生まれた二男に虎雛と命名した。沈従文の没後、この書簡資料を判読整理したのは沈虎雛である。

写真 14　沈虎雛夫妻

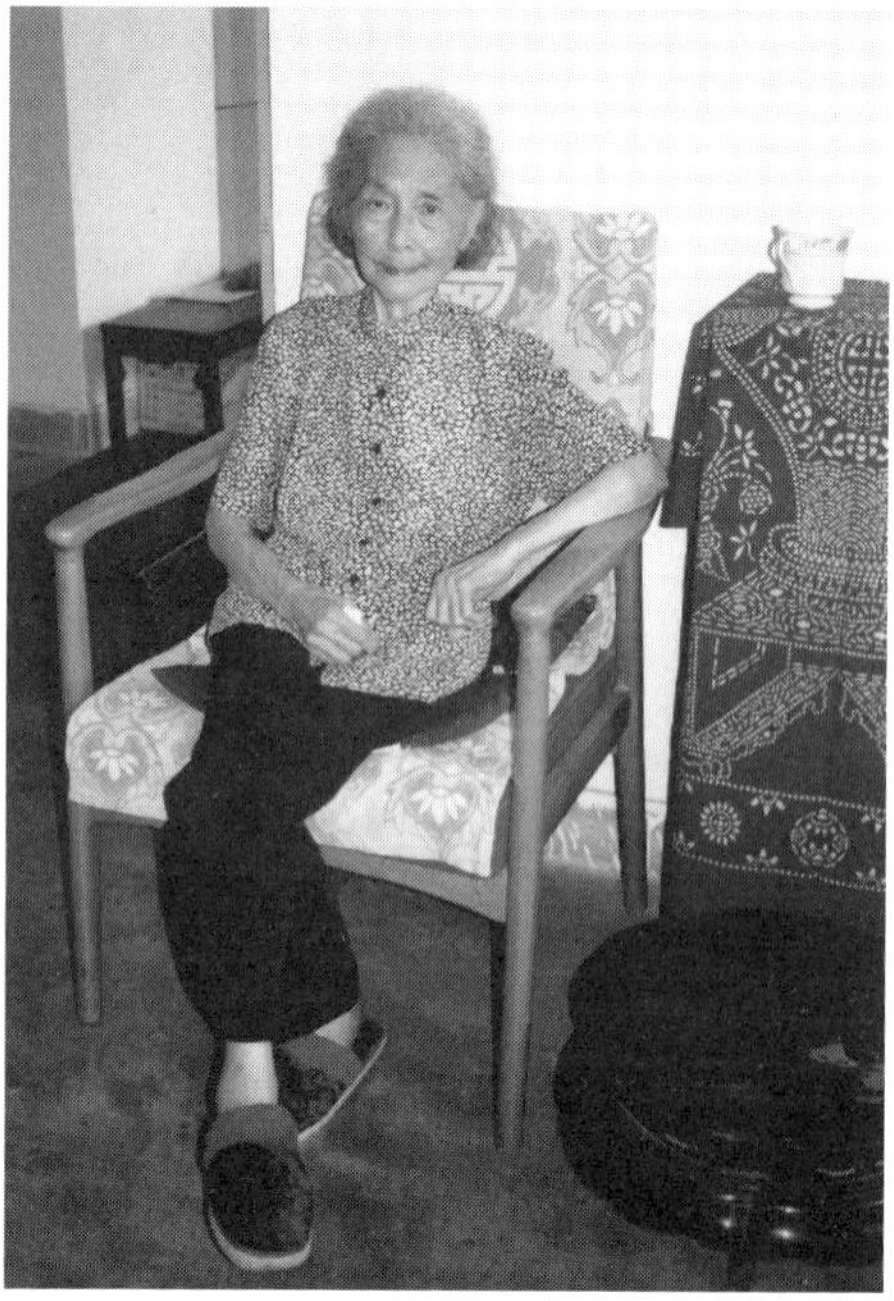

写真 15　張兆和

26．瀘渓(1)到着

十九日午後四時二十分

私の小船は調子良く進んでいます。午前中は無風だったのが、午後から風が出て、帆がたっぷり風をはらんでいます。川は今も、前の手紙に書いたのと同じく、平坦で幅が広く、もう瀬を上りもしなければ、淵に出会ったりもしません。後十里で船は瀘渓に到着し、船はそこで停泊します。天気はうららかです……出発に先立ち、私たちは、上流が平穏ではないのではないか、それを一番心配しましたが、今ここは平穏そのもので不思議に思えるほどです。天候と川の様子を見る限り、遠来の旅人に困難な事が起きる心配はもうないでしょう。この川を管轄しているのは辰州のあの戴旅団長(2)で、軍隊の規律はよく整い、水上は全く安全だと言えます。実家でも辰州でも親戚友人は揃って私を引き止め、もう一両日泊るように求めるでしょうが、それには応じられません。私の考えでは、実家で三泊し、辰州に戻って一泊し、雲六兄さんに頼んで友人を招待し、新しい家で友人らに食事をしてもらえばと考えています。実家での滞在中については、酒の出る宴席へは、相手が誰であれ一律に辞退して出て行かない積りです。そもそも食事に招かれた場合、「母の付き添い」を名目に全部断ります。こう考えると、少し気持ちが楽です。親しい人たちもあまり久しく別々でいると、話に興が乗らず、彼らはある種の知識では私の何倍も詳しいですが、私にはそうした知識は学びようもなく、学んで身に付けたところで何の使い道も有りません。どの知人も皆私とは全くかけ離れた生活を送っていて、しかも、彼らの生き方はどうも私より力強いようなので、彼らと遊びに出ようにも、もはやいっしょになって楽しむなど、私にはできそうにありません。実家では、母さんと弟と高齢の親戚数名と会うのは良いかと思います。実家にいる間、家族はもちろん喜びますし、私だって嬉しいです。ただ、私がくよくよしてしまうのは、帰途の問題で、もしも身動きが取れなくなれば……

　私の小船は瀘渓に着きました。時刻は六時を少し過ぎたばかりで、天気は良好、土地の風景もここは品があります。ここの街は決して悪くないのですが、埠頭がさっぱり駄目で、上流と下流、各々六十里の所に有名な埠頭があるために、商業がすっかり衰微しています。もっとも、峒河を通行する船[1]は、ここで本流から分かれます。かりに船を使う方法のまま私の郷里に向かう(3)とすれば、ここで上流に向かう船に乗り換えます。峒河の来源は変っていて、崖の岩壁の中から水が流れ出ていて、ちょっと下ではもう船が使えるのです。これとは別に、もう一筋の支流は全くそのまま私の故郷の小さな街まで続いていて、城壁の外を迂回して上流へ行けば、苗族の土地の鳥巣河へと続きます。

　私の小船はすでに停泊し、食事に麺を二碗食べました。今、二十隻ほどの大型船が上流から流れを下って来たばかりで、川中に櫓を漕ぐ船歌があふれ、歌の緩急強弱は船ごとに違っているにもかかわらず、それでいて諧調がとれ韻が響いています。夕日は山に沈み、山の頂部にはわずかに深い紫が残り、街の城門はくっきりと輪郭を留めて直立しています。まわりの小船からは、人の話し声や、子供がさわぐ声、鍋で炒め物を調理する音、船主が何かを問いただす声などが聞こえています。私は本当に感動しています。私たちが詩を読みたければ、ここほど素晴らしい場所は他にありません。これらはすべて詩なのですから。

　すっかり暗くなりました。私はこの手紙は投函したいので、今は最後までは書きません。しかし最後まで書いてなくとも、あなたには見当が付くはずです。何しろこれは私の所から届く一枚の紙なのですから……

あなたの心

十九日午後六時半

訳注

（1）瀘渓、辰州（沅陵）から鳳凰へ向かう途中の埠頭。書簡22．「横石と九渓」注（1）参照。

（2）沈従文の親戚の戴季陶（国民党の同名の政治家とは別人）と思われる。戴季陶は、沈従文の往年の上司で湘西王と呼ばれた軍閥陳渠珍の部下、当時沅陵に駐留していた。

（3）往年の峒河は両岸に高い山があり、水流が激しく、船は帆を使えないので、沅江から峒河に進む船は瀘渓に立ち寄り、帆とマストを埠頭の店に預けて川を遡行した。現在、ダムが造られたため瀘渓周辺の地勢と景観は様変りしたが、二本の川の合流点にあるので、九十年代になっても大きな水害に見舞われている。峒河の上流には現在の湘西土家族苗族自治州首府、吉首市（往年の黔州）がある。吉首市よりさらに溯ると沱江に入り、鳳凰県城北門に着く。

原注

［1］峒河の下流は武水と称し、瀘渓で沅水に合流する。

27. 瀘渓の黄昏

十九日午後七時

私は先に瀘渓の悪口を書いてしまったみたいですが、瀘渓の方では三三に気持ちの良い挨拶を贈ろうとしているかのようです。この黄昏は、実に感動的な黄昏です。私の小船が停泊しているのは、街の城壁まで一里と三分の一ほどの場所で、城壁はちょうど日の沈む方角と重なり、城壁と城楼のはっきりとした輪郭が、落日後の黄色い空に引き立てられています。川中に櫓を漕ぐ船歌が溢れています。岸辺からは随所で人の話す声が聞こえ、黄昏の中で人の姿は皆個々の影だけとなり、船舶もまた黒い影を留めるだけで、長い土手の上を人の影が一塊ずつ移動するのが見え、鍋に野菜をほうりこむ時の音や子供の泣き声が、雑然と入り混じって聞こえて来るかと思うと、不意に城内で銅鑼がジャンと音を響かせ、ああ、素晴らしい聖なる境地です。

明日の今頃には、私はきっともう浦市(1)に着いています。しかし、もう一晩、相変らず小船の中で寝なければならず、二十一日の夜になってようやく小さな旅籠で夜を過す予定で、それは『月下小景』に書いたような小さな旅籠(2)で、二十二日こそは実家で寝られます……

明日はもう二十日で、時間が経つのは早いと言えば早いし、遅いと言えば遅くもあります。今日私は昨日と同じく、途中で白い塔を何度も見ましたし、女性が岸辺の岩で衣類を叩いて洗濯する姿を何度も見かけました。また、川沿いの崖の洞窟中の家屋や、軸から取り外された石の碾き臼を見たりもしました(3)。三三、私はすでに「柏子《パイツ》」の小さな川にやって来ていて、しかもこれから「翠翠《ツィツィ》」の郷里に行こうとしているのですよ。昼間、太陽が良く晴れ、景色もよほど柔和になったせいか、私のあなたを思う気持ちも熱く激しい思いから、温かく優しい愛に変りました。私は心の中であなたの名前を叫び続け、あなたのために一万に上る言葉、無数の文字、一山ほどの微笑、一山ほどの接吻を、心の中に貯めています。実家に到着後も、誰と会うにせよ、あなたは私の頭から離れませんから、話の合間に人には理解し難い言葉を口走ってしまいそうです。人が「北京でうまくやっているのだね」と聞けば「私の三三は顔が浅黒くてねえ、だから北京は最高です」と答えます。仮にこう言わなくとも、似たような言葉を口走ってしまうでしょうから、どのみち、誰かにからかわれるのは避けられないでしょう。母さんはもう年なので、三三のように気立ての良い、優しい人が私に出来たのを見れば、そして、私たちがどんなに仲睦まじいかを知れば、彼女の喜びはいや増すでしょう。辰州では雲六兄さんがこう言いました。「母さんはね、『従文はどうやってお嫁さんを選ぶのかしら。あの子と同じような人間は、もちろん駄目だし、あまり違いすぎても、これまた大変だし』と言っていたのだよ。しかし、よくぞうまくやったものだね。良かったよ。同じでもなければ、違いすぎもしない相手がいたとはね」。私たちが幸せなのを知って、家族がどれだけ喜ぶことか、彼らの喜びようはあなたにはちょっと見当が付かないでしょう。彼らは全員あなたが好きですが、あなたはまだ彼らと会いもしていないのですけどね。

三三、昨晩も今日の夜も星と新月がどちらもきれいで、船の上から夜空を見上げると格別見応えがあり、私は凍えるのもすっかり忘れて、ずいぶん長く星を見ていました。もし今夜、或いは毎夜、空のあの大きな星をあなたが見るとすれば、この小さな星の微かな光のお蔭で、私たちはより近くなる気がします。何故なら、毎晩この小さな星は、ある一時にはあなたの目も同然のものとなり、私の方では瞬きもせずに見詰めているからです。三三、そちらではこの星を私の目だと思ってくれるでしょうか。

あなたの二哥

十九日午後九時

訳注

（1）書簡22.「横石と九渓」注（2）参照。

（2）『月下小景』（一九三三年）には「月下小景」、「尋覓」、「女人」、「扇陀」、「愛欲」、「狩人故事」、「一個農夫的故事」、「医生」、「慷慨的王子」等、合計九編の短編小説が収録され、書物と同名の第一編以外、残り八編の小説はすべて、夜、小さな旅籠の焚き火の周りに集まった旅人たちが、順次、語り出した物語という体裁をとっている。

（3）「柏子」の舞台は辰州（沅陵）であり、沈従文の船はすでにそこを通過し、さらに上流に向かいつつあり、当時連載発表中だった「辺城」のヒロイン、翠翠が外祖父と渡し場を守る茶峒（茶洞）は、沅水の支流、酉水を貴州・四川（現重慶市）の省境まで遡った所にある。

写真 16　湖南西部の碾臼

挿絵7（白楼潭）

（上部）白楼潭遠望（下部）近望

挿絵8（「白楼潭一影　二十日午後一時」）

28. 夜明けのラッパの音

二十日午後一時十分

こちらは只今午後一時十分、私の船は有名な箱子岩(1)を通過し、後四時間で最後の埠頭(2)に着きます。私の小船は午前七時に出発したのでした。船が動き出す直前には、それぞれの船の上で夜明けのラッパを吹く音が聞こえ、大型船から始まり、およそ軍隊を乗せている船はどれも次々と順番にラッパを吹き、ラッパの音がやむと、人が鉄製の碇を引き動かす音や、篷を押す音、人を呼ぶ声などが聞こえました。わずかこれだけの事柄ではありますが、私には長い日々にまつわる旧い夢をおさらいする契機になります。今回川を上って来て、夜明けのラッパの音を聞くのはこれが初めてです。およそ十四年昔、私は多くの人と同じように、この音が始まるとともに温い布団から抜け出し、広い空き地で一列に並び、点呼を受けねばなりませんでした。今、昔同様にこのラッパの音で再び目が覚めたのです。私はあなたを思い続けています。三三、二人いっしょにこの小船で、こんな音を聞きながら目が覚めたら、私はきっと昔の出来事を沢山話してあげられます。しかし、今、私はそれらの昔の出来事については書ききれないのでして、それらは沢山有りすぎるし、古すぎるし、こまごましすぎています。あなたがもしこんなラッパの音を聞いたら、やはり必ず何か悟るでしょう。思うに、この音について言い出すと、これはほんとうに美しいし、また物悲しくもあって、私はこれと同列に論じられる音楽を聞いた覚えはこれまで一度もありません。

朝ご飯は美味しく食べましたので安心してください。私は思うほど痩せていないようですので、これも安心してください。私は後三日旅を続け、この三日間たっぷり食べ、十分良く眠り、家族と会いますから、あなたが私の身の回りについて気遣っているのが皆に分かります。辰州では肌着も着替えましたが、それは雲六兄さんのです。私のインクはひっくり返ってなくなったので、兄さんの所から一瓶取って来ました。家に着いた後も、これは絶対必要です。紙が残り少ないのにはすっかり驚き、向こうに着いてこれが入手できなければどうしようかと心配しています。辰州に着いた時に兄にりんごを一個あげましたら、彼は食べ終った後、一度目を閉じてから、「これにありつけるとはね。金山りんごだぜ。それとアメリカのオレンジ。ビタミンたっぷり、健康に最適」と言いました。三三、彼のあの時の表情はほんとうに嬉しそうな良い表情でした。

あなたがこの手紙を受け取ってから次の手紙が届くまでに、必ず四日はかかるはずで、何故かと言うと、浦市から鳳凰県まで、往復で四日かかるからです。向こうに着いた当座は、あなたに手紙を書くのは多分無理かと思いますので、許してください。

私の小船は素晴らしい山の下に来ています。ほら、何ときれいなのでしょう。しばらくこの山を見ていたいので、また後であなたに書くことにします。

あなたの二哥

浦市に到着、万事順調です。

二十日、午後四時二十分

訳注

（1）『湘行散記』「箱子岩」（一九三五年）参照。箱子岩の埠頭周辺では、岸壁の高所には、梁を突き出して棺を支えた特異な風葬の跡が見られることで注目される。

（2）浦市、書簡22.「横石と九渓」注（2）参照。

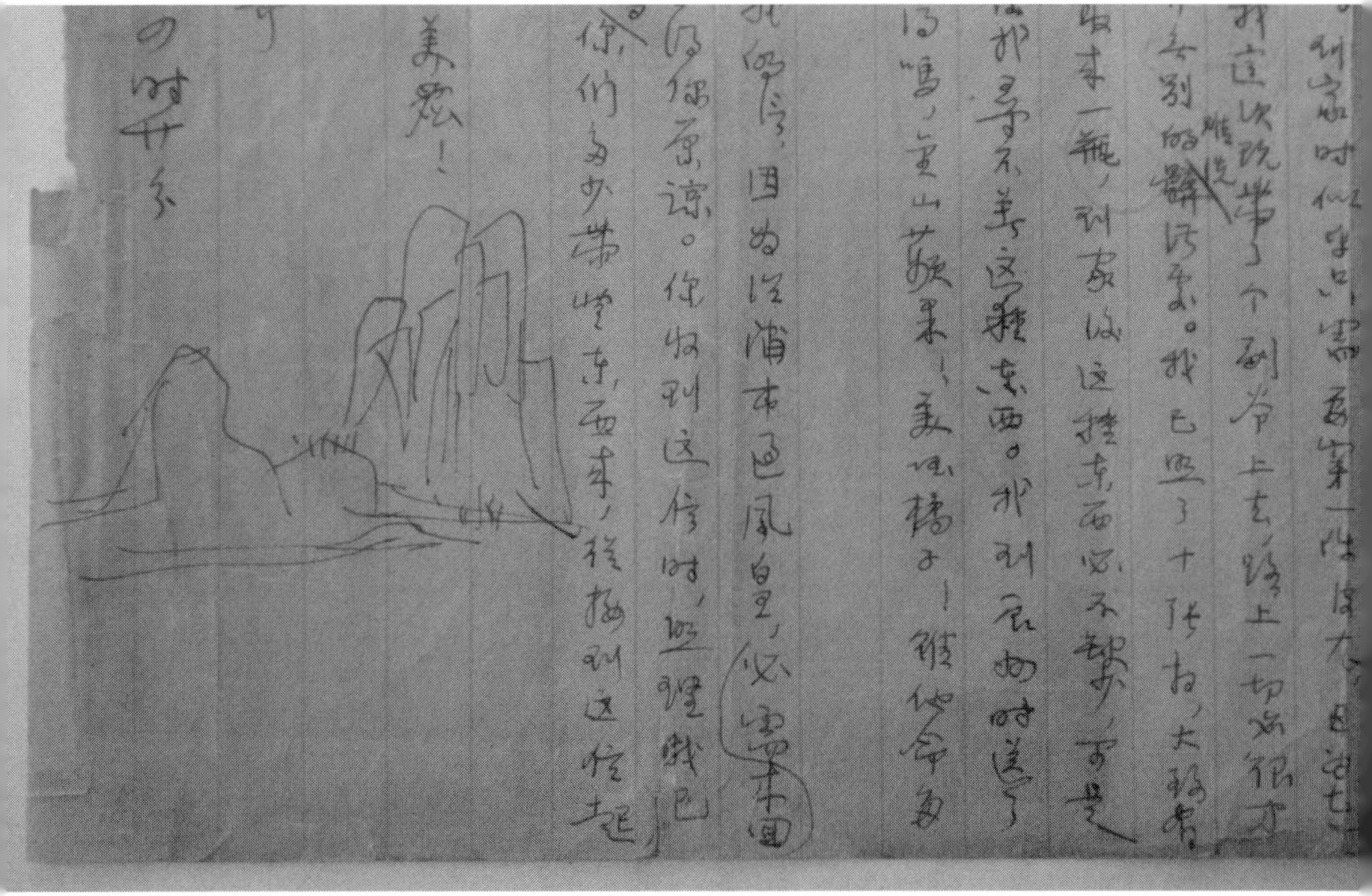

挿絵9（書簡「夜明けのラッパの音」に描かれたスケッチ、瀘渓・箱子岩・浦市）

素晴らしい山の下に来ています。ほら、何ときれいなのでしょう。

29. 鳳凰到着

二十二日午前八時[1]

私は昨日の午後三時に家に着きましたが、天気が良いので、何事も好ましく思えます。母は少し回復しているものの、ひどく痩せました。私が来たので、皆もちろん大変喜んでいます。私は電報を打ってあなたに知らせようにもそれができません。何故ならここでは電報は受信できるだけで、打電は無理なのです。

家に着くとあなたからの手紙が四通届いていて、家族らは私が来てもいないのに全く奇妙なことだと思って、それらの手紙を読んでしまいました。手紙を読んで私がもう帰って来ているのを知った次第で、ねえ、何とも奇妙ではありませんか。私が辰州に着いてから打った電報は、これとは逆に私より少し遅れて到着しました。あなたが送ってくれた写真を見ましたが、たいへん素敵で、四人で氷の上で写した写真は、どうやらあなたが誰よりもきれいです。この数日、私はあなたに長い手紙は書けませんが、これはひまな時間がないからなのはお分かりでしょう。私はすでに昔の上司(1)に会い、また何人かの友人と会いました。街を一巡りしましたが、ずいぶん土地が狭くなった印象を受けました。街はひどく狭いのに、人間が多いのです。街に出て、実際、私は少々驚きました。

私がこの手紙を書いているのは炉のそばで、弟が私の横にいて、母はベッドの中です。

私は多分十三日には辰州に下り北平に向かう積りで、予定していた期日より遅れるかも知れないので、この件について楊先生(2)には申し訳ないと伝えてください。私は家に帰るのは実に久しぶりだし、母は病状が重く、もう二日留るよう求められていますので、十二日の母の誕生日[2]が過ぎてから出発します。楊先生(2)に御諒解いただけたらと思います。

皆のいる所で手紙を書いていますので、どうもその……

二哥

二十二日

訳注

（1）陳渠珍（一八八二年―一九五二年）、一九一〇年代末以来、湘西で独自の自治と近代化を図ろうとしていたが、地方軍閥との軍事的衝突、及び、往年の部下で後に桑植にソビエト根拠地を打ち立てた賀龍との戦いなどで勢力が疲弊し、この翌年には湘西の支配権を長沙の何鍵指揮下の軍に譲り渡し、下野した。19．書簡「早瀬での苦闘」注（11）参照。

（2）楊振声、21．書簡「淵での夜漁」原注［1］及び訳注参照。

原注

［1］前後の手紙の内容に基づくと、二十三日のはずである。

［2］旧暦の十二月を指し、すなわち一月二十六日。

30. 感慨の極み

二十二日午後九時半

四時前に手紙を一通出し、同時に雲六にも手紙を出して、彼には私に代ってあなたに電報を打ちそちらに一切を伝えるよう頼みましたが、彼はこの一件を忘れはしないか、何とも言えません。ここに着いて一日半ですが、どこも知り合いばかりで、こちらから出向いて行かなくても誰かが訪ねて来て、これでは時間をさいてあなたに一切を詳しくお伝えするなどできません。私は来客の相手で頭もぼんやりとなり、あなたの手紙を読む時だけ少し意識が醒めます。後三通はあなたの手紙が届くのではないかと期待しています。私は十三日(1)に下流に向かうので、出発まで後三日有り、この三日間にあなたから手紙が来ないと、私はふさぎ込んでしまいます。

ここでのすべては私にとって感慨の極みです。何もかもが変り、すべて昔とは違うので、土地を長く離れすぎていた私を全くやりきれない気持ちにさせます。母の病状はたいへん重く、このところ危険な状態を脱したとはいえ、体がすっかり痩せました。私は正直ほんの少しの間も母から離れたくありませんが、しかし彼女から離れざるを得ないのです。せめて今だけでも彼女に付き添っていたいと思っても、来客が来て腰をおろせば決ってずいぶんと長くなります。私は気持ちが乱れ、旧知の人と会ったばかりに、母さんとしゃべる機会が妨げられるのが悔やまれます。今は、何とかして自分を知人から引き離す方法はないものかと思うものの、そのような方法は有りません。

あなたはどう思いますか。このような時私はどうしたら良いのでしょう。

あなたの写真を見ましたが、とても美しく写っているので、親類からあなたについて聞かれると、私は必ずこの写真を取り出して彼女らに見せます。何人もの人があなたを何とも大したものだとほめますが、それは何故でしょうか。実は、皆そう言って、母さんを喜ばせたいのです。

私は岸に上がった後、あなたの手紙を受け取って、心がひどく乱れました。三三、どうか悲しまないで、私は十日までにはきっと帰ります。また私は今後北京に戻った後は、あなたがあきれるような事は二度とすまいと考えています。思うに何もかもすべては私が悪かったせいなので、私は誤りを認め、あなたは許してくれました。それからもう一つ、三三に謝らないといけないのは、私は手紙であなたの文章を黄河に落としたと書きました。実はそうではなく、健吾(3)の文章とあなたのは、どちらもちゃんとトランクの中に入っています。(2)

今、もう十時半になり、家族は寝静まっていますので、私も寝ないといけません。今頃、あなたも安らかに眠っていますように。

二十二日午後十時半

二哥

あなたのことばかり考えています。もっと手紙を出してくれないと駄目です。

白松シロップを二瓶買って郵送してください。母さんが至急必要です。

訳注

（1）旧暦の臘月十三日。

（2）沈従文の妻、張兆和はこの当時、短編小説を書き始めていて、彼女の作品「湖畔」「費家小二」は後に巴金の主催する

『文学季刊』に掲載された。沈従文は旅行中に張兆和の作品原稿を携えていたと考えられる。但し、その原稿を黄河に落としてしまったという記述は、『湘行書簡』中の書簡には含まれていない。散逸した手紙に書かれていたのであろうか。19．書簡「早瀬での苦闘」注（8）参照。

（3）小説家、翻訳家、戯曲家、評論家として有名な李健吾（一九〇六年―一九八二年）のこと。李健吾は劉西渭の筆名でも知られ、沈従文は劉西渭の『辺城』批評を高く評価していた。

31. 辰州より川を下る[1]

二月一日午後五時

私の小船は、両岸がどちらも山で、山の中腹にはそれぞれ吊脚楼の見えるある場所を通過し、私はあなたに手紙を書かねばならないのだったと気付きました。私の小船のいる場所は、正に辰州から出した沢山の手紙に書いているあの場所です(1)。上って来る時、岸辺のこれらの小さな家々は何とも私を感動させましたが、現在、何とまた同様の機会を得て感動にひたりこの手紙を書いています。今はもう夜になろうとしています。川辺の小さな家はどの家も雨の後で屋根瓦がひときわ黒く、上方は炊事の煙に包まれ滲んで見えます。遠方の山はやはり霧の中で、この川を上って行く船は大小不揃いの白い帆を揚げながら同じように川に沿って進んでいます。櫓を漕ぐ人らの船歌が聞こえ、力付けるためのかけ声が聞こえます。私の小船の水夫の一人は、夕食の支度を終え、予定していた位置に船が着くのを待ちかねて、錨を投げご飯を食べ始めました。今日、辰州を出帆したのは七時か八時でしたが、船が小さくて軽く、風もたいしたことがなく、八十里《四十キロ》から九十里《四十五キロ》も進みました。この小船が停泊する所は潭口と言い、明朝は最も大きな早瀬の青浪灘を下ります。この様子から計算すれば、八日の北平到着も無理な話ではありません。私はもしかすると武昌で一日滞在して、叔華(2)に品物を少々渡します。しかし、ともかく早くあなたたちに会いたいですから、北平から品物を彼女に送るのでも差し支えありません。この手紙は明後日でないと出せませんが、手紙は私より一日先にそちらに着くでしょう。

今朝、船に乗り込む時に、兄と弟が船まで私を見送ってくれました。船の停泊していた泥の岸辺は、ほかでもなく柏子《パイッ》の小船が停泊したあの岸辺で、川向こうには白い塔が見え、川面には大小数百の船が浮かび、数多くの人々が柏子と同じなのですから、私は感極まる思いでした。兄は私の船が動き始めた後も、なおしわがれ声で「三月には三人で来いよな、三人で」と言いました。彼は自分が設計して建てたきれいで小さな家を、あなたたちに見せたくてたまらないのです。あの家は辰州では出色の出来ですし、青島に移しても出色の家です。

手紙をここまで書いて、私は美味しくご飯を食べました。船は川の中央に停止して薪を買い入れ、私はご飯を食べ終えると、船艙の外に出て辺りを眺めていますが、目に見えるものの一切を、一体どう表現したら良いのか、形容の仕様がありません。強いて言えば、今後私は北京の偽の古画を宝物にするのはもう止めます。

時刻は間もなく夜になりますが、私は温かく柔らかな気持ちであなたを思っています。あなたに会えるまでまだ八日も有りますが、今の私には川を上っていた時のような焦燥感は有りません。流れに乗り船が調子良く進むのも私が焦らない理由でしょう。私の心は静かで、温かく柔らかです。

上流の方で辛いものを食べすぎたせいで、何日もの間、下痢が続きましたが、船に乗り込んでから治りました。多分、私は少し痩せたに違いありませんが、汽車に乗ってからは、体に良い滋養の有る食物を食べようと思っています。私は少々痩せた他は、すべて問題有りませんので、安心してください。この手紙が私より先に着いても、どうか眠れなくなったりしないでください。せいぜいこの手紙より一日遅れで、私も到着します。

今回の船は、先の船よりも清潔で広く快適です。

二哥

一日午後五時三十七分

訳注

（1）具体的には鴨窠囲と考えられる。13．書簡「夜、鴨窠囲に停泊」～17．書簡「鴨窠囲の朝」参照。

（2）陳源の妻で小説家の凌淑華（一九〇〇―一九九〇）のこと。当時、国立武漢大学で教鞭を執っていた。

原注

［1］原信の通し番号によると、この手紙の前で五通が失われた。

32. 再び柳林岔に

二日午前九時

この時刻、私の小船はすでに五十里《二十五キロ》を進み、後少しで美しい柳林岔に着きます。今日はまだ夜が明けぬ時間に、船の水夫らが月の薄明かりを頼りに、最大で最長の青浪灘を下り、船が波間を通過する時は、水の凄まじい響きと怒涛が船舷にぶつかる音しか聞こえず、船はどこもかしこも水浸しとなりましたが、全然心配しませんでした。言い伝えによれば、下りの船が淵の上流に差しかかった時、赤い嘴のカラスが食べ物を食べに寄って来れば、その船に危険の可能性はないのだそうです。実際にカラスは来ていたので、それ故水夫らは何が起きようと意に介しませんでした。このカラスについて言うといま一つ実に不思議なのは、流れを下る船にはやって来て餌を求め、飯を空中に放り投げると、それを受け取るなり、すぐ飛び去ります。しかし、上流に向かう船にはうるさく寄って来たりしません。今日は風がなく、流れもたいへん穏やかで、夜には桃源にたどり着く予定です。しかし車の便が悪いので、もしかすると常徳で一日滞在するかも知れず、そうこうするとどうしても長沙に行くのは明後日になります。天気はどんより曇ってはいても、さほど寒くなく、雨も雪も降らず、船の旅をしてこういう天候に出会うのは、全くの幸運と言うべきでしょう。日一日、あなたに近付いていると思うと、私は嬉しくて仕方がありません。

今日私はまた魚を食べましたが、船乗りたちの魚は絶対に食べるべきで、これを食べないでいるのは我慢できません。魚は一斤《〇・五キロ》が十銭で、これを買って食べないなら、漁師はもとより、魚にしても、何か変な事情でも有るのかと勘ぐるでしょう。私はかなりの量のベーコンと腸詰、また、茶葉を十缶、ミカン百個などを持ち帰っています。

それから牛の角も有り、これは苗族のシャーマンの所で入手したので、一人の人物に贈る積りです。また、腕輪が有るので、四丫頭《スーちゃん》らにあげて使ってもらいましょう。この他、梨も有り、味は格段においしい訳はないですが、何しろ「五千里彼方からの遠来の客」です。そして、藍染の布が(1)有り、これは客間のクッションに使える宝物です。長沙に着けば、あなた方のために醤油を少量買っても良いし、またクッション用にダウンの枕芯を買って帰るかも知れません。長沙では半日は留まり、四五人の人とも会わねばなりません。街に出ればいろいろと見聞きできますので、天気が晴れるようにと思っています。長沙は何事につけてもなかなか立派で、とりわけ商店露店の建ち並ぶ様子は見事です。

……一昨日の夜、私は辰州の戴家(2)で夜食を食べたのですが、ほぼどの料理にも例外なく唐辛子がたっぷり入っていて、フカヒレが出るに及んで、この料理だけは辛くあるまいと思ったら、何とまあ一銭《五グラム》以上の胡椒の粉末がスープに入っていました。しかし、後には蓮の実が出て、これは私一人で楽しませてもらいました。帰宅した時には十二時を過ぎており、先に帰った大哥《にいさん》はもう寝ていました。

私の小船はまた早瀬を下っていて、たいへんな勢いの水です。ここの川は川幅が狭い上に流れが急で、早瀬の下方では三十隻に近い数の大型船が船足を停め、一隻ずつ早瀬を上るために順番を待っています。早瀬の下の湾曲部に見えるあの遠方の山は、何と奇抜な造形でしょうか。あなたを無理にでもここまで引っ張って来て、驚かせなくては、と私は本気で考えています。対岸に住んでいるあれらの人々は、このような山と向かい合っているのに何とも思わないのか、私には不思議です。

今、私は理想的な朝食をすませたばかりで、私が食事を終えるのと同時に、水夫たちも食べ終り、彼らはそれぞれタバコをふかし、船は舵取りが一人で櫂を操るだけで、流れに乗って下って行きます。この長い淵は、これまた何とも神技のような奇異な雰囲気をたたえているではありませんか。私が食べた朝食とは、丼一杯の玄米飯、川の水で煮た一碗の川魚、一碗の海苔スープ、腸詰が少々です。一匹で三斤半《二キロ弱》もある鯉の身を私は十二両《六百グラム》ほども食べました。大きな尾の部分で、油茶《アブラツバキ》の油で炒めて茶色くなったのを、私はほとんど完全に平らげました。こんなふうにして船の上で半年も暮らせば、本を一冊も読まなくても、私はうんと賢くなるでしょう。川魚の味についてはこれを描写する力はまだ私にはありません。

　岸の上で食事をすませた後は動くのも億劫で頭がぼんやりしますが、船の上では全然別です。私は船で食事をすませた後、いつも体全体が爽快です。ともかく話がしたいし、動きたいし、何か書きたくなります。もし六月に私たちが北京を一個月離れられるなら、辰州で避暑をとまでは言いませんが、湖南に来て私の乗っているような小船に乗るのはどうでしょうか。というのも、船の上でこのような生活を一日送るだけで、どんな面倒事も全部帳消しになったような気分になるからです。この川のすべては、あなたが一度でもそれらを見たら、生涯忘れられないはずです。六月になったら考えてみましょう。六月に短期間、北平を離れても差し障りがないようであれば、われわれはこの川に来て、私の言った事がすべて本当かどうか現場で検証しましょう。

　今日は少しも風が有りませんので、私の小船はまる一日かければこの川を二百里《百キロ》は下れるでしょう。今日、進む行程は、先に上って来た際に四日がかりで進んだ行程に相当します。あなたはこの比率を考えるだけでも、この区間の川の流れの速さを想像できるでしょう。

二哥

十二時或いは少し前

（私の腕時計はもう手元に有りません）

訳注

（1）鳳凰県は現在も藍染の生産地として有名であり、県城内に住む劉大砲は名人として知られている。『湖南民間美術全集民間印染花布』（一九九四年）参照。

（2）26．書簡「瀘渓到着」に登場した戴旅団長と同一人物であろうか。同書簡　注（2）参照。

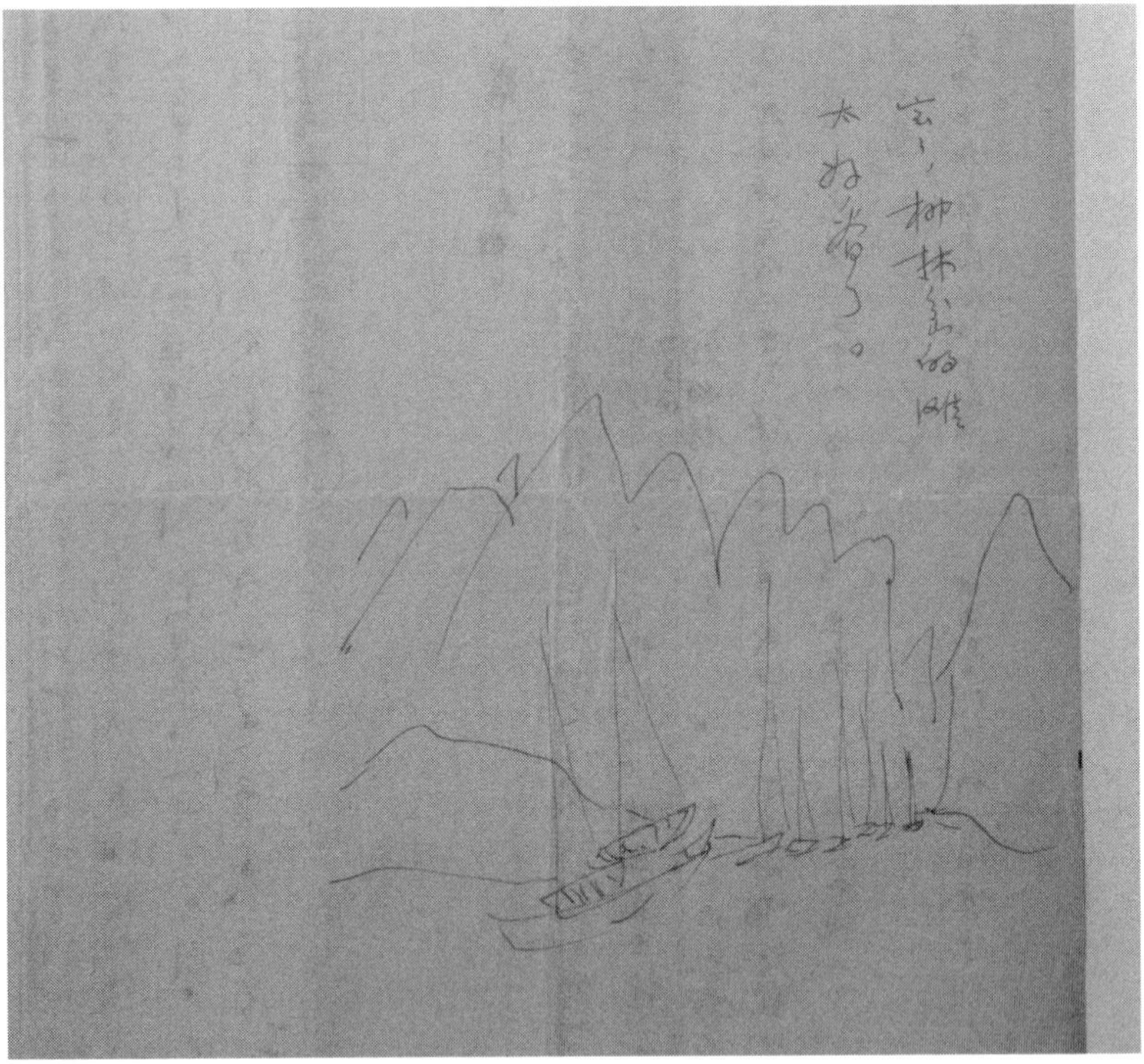

挿絵10（柳林岔）

宝宝《ダーリン》、柳林岔の瀬は、素晴らしい眺めです。

33. 新田湾を通過

二日　十二時少し過ぎ

もしも、この紙の裏側に描いたあの場所の、あのまばらな木々、岩、家、それらすべての配置や、色合いの柔和さをあなたが見たら、きっと歓声を上げるに違いありません。正直に言うと、私は三回、大声を出しました。残念ながら私の手元のカメラは使えず、クレヨンも人にあげましたので、これらのすべてに対し、全くもって手を束ねるばかりです。私の小船は計算ではすでに九十里《四十五キロ》を進み、この後、同様の時間が過ぎれば、私は桃源に着けます。私は黄昏時に桃源に着けたら、ちょうどその頃灯りが見え始めるので、その小さな街が灯りの中に照らし出された光景を眺められるのではと期待しています。また同時に、できれば黄昏の前に桃源洞(1)に立ち寄れたらと期待しています。今は少しも風がなく、天気はしかもよく晴れ、太陽の淡い日差しが、私の頭を照らしています。私が坐っている場所は舵取りの足元なので、彼が櫂を操り一押しするたびに、櫂の付け根が私の頭にぶつかりそうになりますが、しかし、何回繰り返しても実際には私の頭に当たりはしません。川の水面はもうここでは平らになり、流れも緩やかになっていて、両岸には小山が数珠をつないだように続き、目に触れる濃い緑は江南の五月みたいです。竹、松、杉、及び、それ以外の常緑樹は皆一雨降った後、雨に洗われて見違えるほどきれいです。山や谷ではどこか分からない場所で鶏が鳴き、子牛も鳴き声を上げ、川辺に人家が建っている所では、家の前か後には必ず白菜の畦が作ってあって、淡い緑色となっています。小さな船着場では、しばしばまた白菜がA字形に積んであり、或いは白菜の間にニンジンが置いてあります。三三、今、仮に私の手元にカメラなりクレヨンがあったとしても、この場所の一切の色合い、一切の音、及び、水面の静謐さからかもされる調子を、一体どうすれば、まるごと捕まえて、あなたに全て眺めてもらい、全て聞いてもらい、また全ての数を数えてもらうことができるでしょうか。私はため息をつくばかりです。私は生存、或いは、生命を実感しています。三三、私はちょうど今、先に上流へ向っていた際、辰州のやや下流の和尚洲付近で、川の流れを見ながら感じたのと同じ事を感じています。私はどうやらずいぶん知恵が深まり、ずいぶん心が温かで柔らかくなったみたいです。

三三、これまた素晴らしいです。私はさらにとある新しい場所に来ていて、船頭によれば、ここは「新田湾」と言います。誰かが渡し船を呼び、漁船では陽光で帆や網を干しています。船着場の家屋は、もうここでは吊脚楼ではなく、レンガ壁の家屋が長い列をなし、さらにその後には遠く近くの山の青々とした緑が加わり、私はあなたにどう伝えれば良いのか分かりません。三三、この場所はあなたと同じで、実に温かくて柔らかです。このような場所を見てしまうと、私が一切の作品の中で様々な賛美の言葉でもって、この川を飾り立てた際に使った言葉が、如何に稚拙であったか、今さらながらはっきりします。

私は今、本当に少々辛い気分になっていて、もう私には自然の摂理の下での自分の無能さがはっきり分かったからです。人間の言語はあまりにも貧弱です。この川辺で船を修理する人が、麻くずを木槌で叩きながら船体の隙間に詰めていく音それ一つをとっても、鶏の鳴き声や人声の中で、何と静かなことか、この場にあなたがいない限り、如何なる文字からも永遠に体得はできないのです。私は自分の拙さが許せないのであって、何故なら、あなたには是非私のこのペンによって、私の現在この場所での一切を是非分かってもらわねばならないし、ともに喜びを味わって欲しいからです。三三、正に私は自分の許しようがないために、私は今、憂愁にとらわれているようです。少し前まで私は、人類は万能の動物だから、目で見たもののすべて、そして、各種の感覚で感じたすべては、必ず何らかの方法によってそれらを保存できると考えていたし、また、私にはまたその自信が有って、私のペンはこの事ができると思っていました。現在、私は自分の力がはるかに足りないのがようやく分かりました。疑問の余地もなく、この一筋の川に関するすべてについて、私は今回の旅行で認識を深めましたので、今後、この川について書く時には、よほど感銘深く書けるようになっているはずで、他人からは「更なる成功」を収めたと持ち上げられるでしょうけれども、しかし私自身は、もはやいつまで経とうと、傲慢な気持ちを自分の仕事の栄養剤にする類の人間にはなりえないのです。私には自分たちの能力が、自然と比べて如何に微小か、それが分かるので、私は頭を垂れるばかりです。この心境が長期間、私を支配するのであれば、今回の旅行は、人間に関する事柄の方面で、私には必ず好ましい結果をもたらすでしょう……

今、私の小船は掛宝山前村と言う所に来ていますが、どこにそんな宝物が有るのやら、宝物など見当たりません。船頭はしかしこんな話をするのです。

「この山で火を出しちゃ駄目で、いったん火が点いたら辰州まで燃えてしまう」

私は言いました。

「一体どの山のことで?」

実は、ここには無数の小山が続いているのです。

船頭は手をひと振りしまして、

「この一続きの山でさあ」

私は笑い出してしまいました。彼はこう説明してくれました。

「この山並みは辰州を迎えているので、火を出しちゃ駄目です」

全く興味深い言い伝えですが、そんな理由など知りたいとも思わないので、この男の話にこれ以上耳を傾けるのは止めました。私はあなたのことで夢中で、何故なら、山の名前が掛宝山(2)と言うからには、もし私が船頭で誰かが前に坐っているなら、私がしゃべるのはあなたについての話に決っているからです。私が船頭でなくとも、あなたが今この時、私のすぐ横にいたら、作り話の一つも作りますが、絶対「火事」になる話などより面白いはずです。

　この船頭がここの山と辰州の火事が関係があるなどと私に向かって話すので、私は次第に腹立たしい気がして、船艙に入りました。船艙に入ると、岸で鶯が鳴いているのが聞こえますが、この鳥は青島では六月になってやっと現れる鳥です。

　今回、上流で見て来た事柄のうち、風景の他、人間に関する事柄も、限りなく私の智慧を深めてくれました。この人々は都市の人々との隔たりがあまりにも大きく、都市の人は都市の人で、また下流とはあまりにも隔たりが大きく、人間の事柄におけるこのような距離は、言葉では簡単に説明できないものを私に教えてくれました。今後、軍人について意見を述べるなり、また、労働者について意見を述べるにせよ、文章における私の観念は、或いはこれまでとは完全に違ったものになるでしょう。

　私の故郷には最も値打ちの有るものが一つ有り、また、最も値打ちのないものが一つ有ります、それが何なのか、私はあなたに言いませんので、あなたは四丫《スーちゃん》や九九《9ちゃん》と三人で答を考えてください。答を当てた人には、私が帰った後でプレゼントを一つあげます。

　実家にいる間、私は下痢の他、いつも頭がくらくらし、また足も少し痛かったのですが、船に乗ってからは、下痢も止り、足の痛みもなく、ただ、頭がくらくらするのはまだ少し残っています。もしかすると先程、長く風に当たりすぎたのかも知れません。少し眠れば治るでしょう。晩まで寝ても治らないなら、つまりは長距離の旅行で車と船にひどく揺られ、脳の具合が悪くなったのです。これはたいした事ではなく、北京に着き、あなたの手でちょっと撫でてもらったら治ります。

……

私は頭がくらくらするので、少し休みたいのですが、船はまた早瀬を下っています。

大体二時前後

二哥

訳注

（1）陶淵明「桃花源記」にちなんで有名になった観光地、桃源より沅水沿いに十数キロ上流にある。

（2）「掛宝山」の「宝」は「宝宝」、つまり「私の宝物」の意味を連想させる。

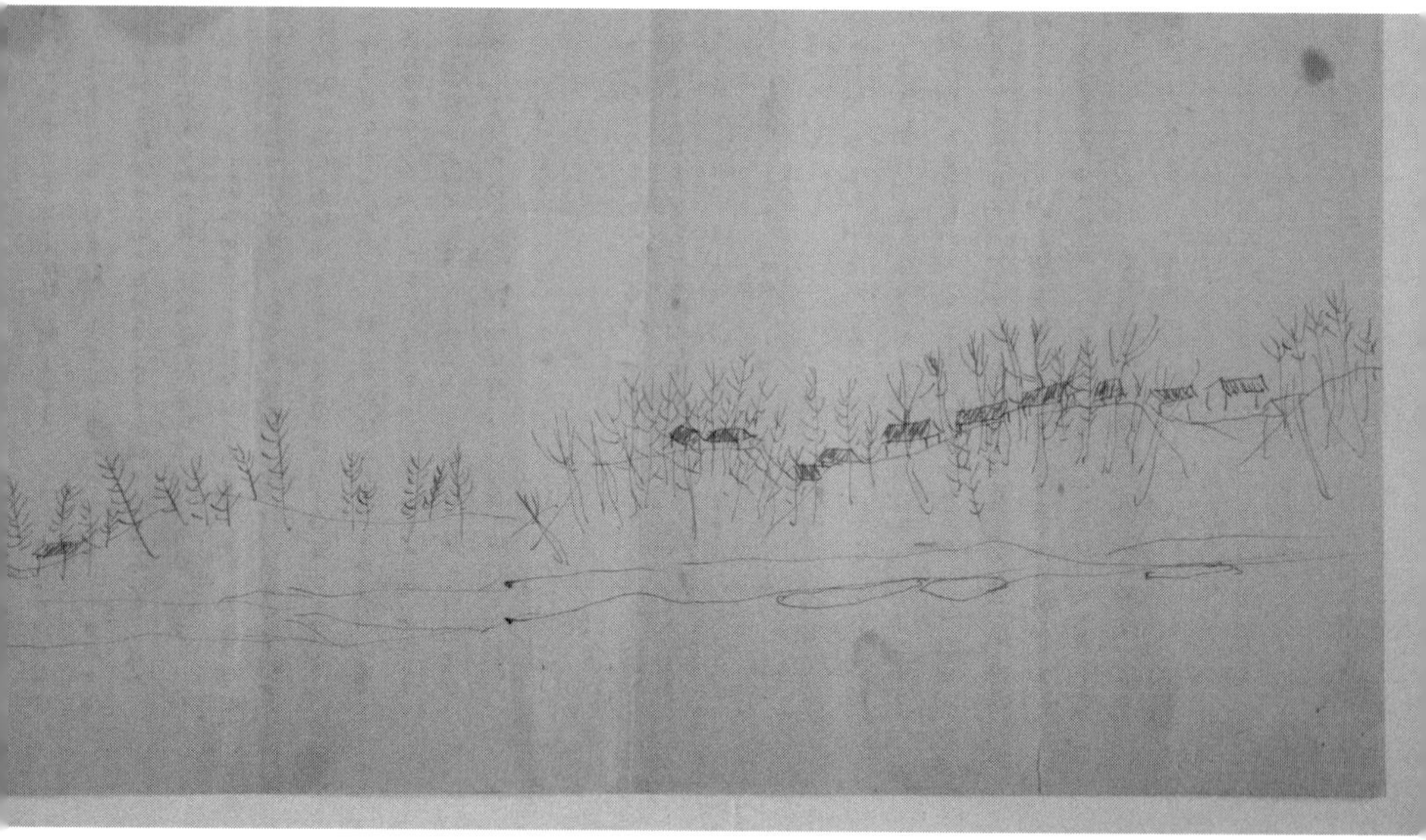

挿絵11（新田湾）

あの場所の、あのまばらな木々、岩、家、それらすべての配置や、色合いの柔和さをあなたが見たら、きっと歓声を上げるに違いありません。

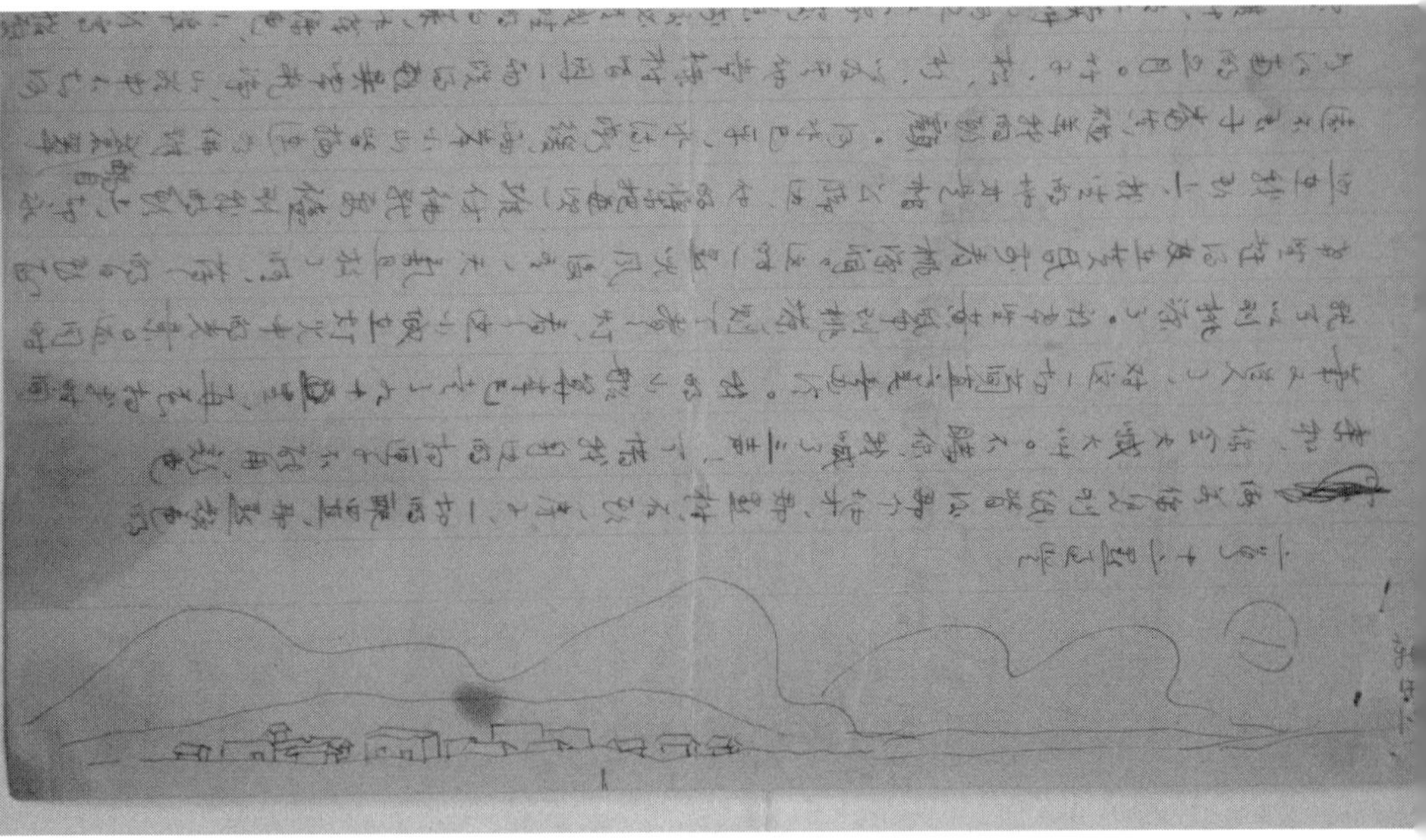

新田湾

挿絵12（書簡「新田湾を通過」に描かれたスケッチ）

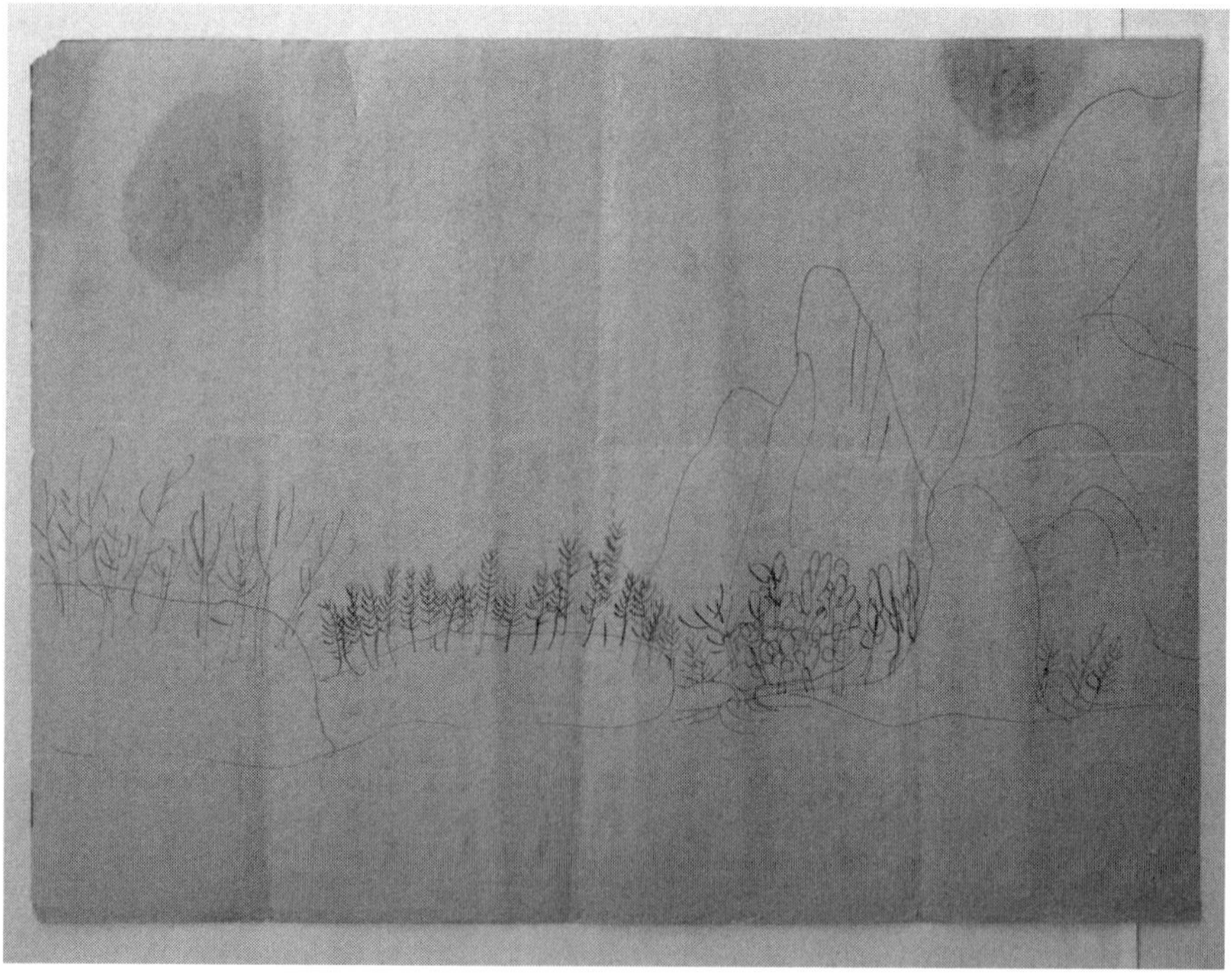

挿絵13（無題）

このような場所を見てしまうと、私が一切の作品の中で様々な賛美の言葉でもって、この川を飾り立てた際に使った言葉が、如何に稚拙であったか、今さらながらはっきりします。

34. 桃源に帰着

私の小船は今、桃源に着きました。こんなに早く着くとは思いませんでした。今は多分まだ八時を過ぎていないでしょう。時間を計算しますと、昨日は八時から午後六時まで合計十時間、今日は午前六時から午後八時まで合計十四時間、両日併せて二十四時間でもって、上流に行く時六日かかった行程を下り終えました。もしあなたの手紙を受け取るため常徳に立ち寄るのでなければ、明日にはもう私は長沙に着いているのです。そして、このように効率的な方法で計算すれば、辰州から北平まで行くのに、たった七日、乃至は六日の時間しか、かかりません。私の小船は今はもう停泊していて、今夜はなお船中で寝ますが、明日早朝にバスで常徳に行きます。多分、あの旅館(1)に行けば、あなたからの手紙を三通受け取ることになり、そのうち二通は同じ日に出した手紙でしょう。その手紙に書いている言葉こそ、私が聞きたかった言葉であって、私の悪口でもかまいませんので、最低でも一通届いていれば、汽車の中も寂しくありません。水夫には桃源の鶏の卵を十個買うように言ってありますから、もしかすると一個位は北京に持って帰れるかも知れません。後、たったの五日であなたに会えると思うと、今夜は眠れそうにありません。どうも気持ちが落ち着きませんが、これはあなたたちが今、ストーブの横で私の行程について、あれやこれやと詮議しているせいでしょう。私は、まるであなたたちと会っているような気分がします。いやはや、私はそわそわして仕方がありません。私たちはほんとうに長い間、離れ離れになっていました。私が一日一日をどう過していたか、あなたには到底、見当が付かないでしょう。

私は今日、また新しい本を一冊読みましたが、日本人の書いたもので、近代芸術の一般思潮について書いてあって、文章はまずまずですが、飛び切り良いという訳ではありません。思うに、あなたはこの種類の本は、好みとしては読む気になれないでしょうが、しかし、こういった本は辛抱してでもじっくり読めば、必ずあなたにとって有益なはずです。一般の人間は論文が書けませんが、それは論文を作る能力がないからではなく、ただ書くのが下手なだけです。この本を読むと、多少なりとも参考になる点が有るでしょう。

ここでは使い古した纜に火を点け、手で振り回しながら川辺を歩く人がいて、船艙から眺めると実にきれいです。

二哥

（二月二日、夜）

訳注

（1）沈従文の旧友、曾芹軒の経営する傑雲旅館。1．書簡「沈従文より張兆和へ　桃源にて」、注（2）参照。

尾声《終詠》

沈従文より沈雲六へ

大大《にいさん》、二十三日の兄さんの手紙は五日に届き、何もかもすべて私には分かりました。今回、湖南に帰ったのはもともと母さんを少しでも喜ばせたい気持ちからでしたが、反対に母さんの御機嫌を損じる結果になろうとは思いもよらず、兄さんの手紙を読んで悲しくなりました。だからと言って、母さんともう一度話したくても、もうできません。母さんの存命中には、何もかも、兄さんと嫂さんらに世話をしてもらいましたし、葬式もすべて兄さんに執り行なっていただきました。ここで感謝の言葉を申し上げるのは他人行儀に近いですが、私どもが心から深く感謝の念を抱いているのは事実です。葬式が終り、六弟《おとうと》も下流の方へ引き返し、家の中が寂しくなったと思いますが、兄さんのお病気は良くなりましたでしょうか。私たちは心より案じています。私は往復の行程が長かったせいで、北京に着くなり、病気になりました。幸いこの数日来、仕事も出来るようになり、予定に影響が出るほどには至っていません。そちらでは三月に再度、辰州に下って行かれるとのお話、ご計画の方も結構に思いますが、もし三月に六弟が北平に来るのが可能なら、兄さんが早めに辰州に移られるのも良いかと思います。家の工事を中断したままでは恰好が付きませんし、やはり兄さんが全部、取り仕切る他ありません。六弟は病後[1]、性格に多少落ち着きのないのはごく自然でありましょう。兄さんは今では父親と同じですし、嫂さんは母親も同然で、多くの事は、兄さんなしでどうしてやって行けましょうか。辰州に移った場合、将来的に困るのではとの問題については、どうぞくれぐれもご安心ください。私たちの生活はひどく悪い訳ではありません。母さんは亡くなりましたけれど、大大《にいさん》の生活について、私たちが多少なりと責任を持つのは当然ではないでしょうか。どうか安心してください。あなたと嫂さんの生活に関しては、私が必ず何とかします。毎月、兄さんたちのために用立てしますので、六弟の方で一時手詰まりになろうと、そちらでお困りになる心配はありません。ともかく気持ちを大きく構えてください。私の方では月ごとに、兄さんにご用立てします。三十で足りますでしょうか(2)。もし不足でしたら、いま少し準備します。家屋の借金も、私の方で考えますから、引き続き少しずつ用意して返済しましょう。このお金は、兄さんが面子でもって借りて来られたのは、私には分かっていますので、私たちは兄さんに、この件で人と会うのが気まずくなるようにはさせません。私が申し上げたいのは、今後、兄さんに関する事柄は必ず私の方で尽力させていただくということです。私は力の限り仕事を行い、力の限り兄さんのために方策を立てますので、どうぞ安心してください。

　私はこちらで仕事はかなり忙しく、どこも皆、私に文章の依頼をもちかけて来ますので、左右両手を使ってもこなしきれない有様です。加えて最近は『国聞週報』のために評論も書かねばならず、日曜日も休息する時間がありません。私は病気にだけはかかりたくありませんが、何はともあれ、私は徒手空拳で世に出て面目を示し、大大にそれを見ていただき、沈一家は、決して意気地なしではないと言って欲しいのです。こちらでは三人とも元気ですので、兄さん、嫂さんどうぞご安心ください。

　どうぞお元気で

二弟

二十三年三月五日夜

（沈虎雛整理　一九九一年十月）(3)

訳注

（1）沈従文の弟、沈荃は当時、病気を患っていた上、陳渠珍の軍隊内で不都合が生じ、蟄居状態にあったらしい。沈従文、一九三三年十一月十六日付、沈荃宛書簡、及び、同月十八日付、沈雲麓宛書簡（『沈従文全集十八巻』）参照。

（2）一九三三年九月、沈従文が張兆和と結婚式を上げた当時の沈従文の月収は四百元（一九三三年九月十七日付、沈雲麓宛書簡、『沈従文全集十八巻』参照）。当時、沈従文は張兆和と相談した上で、母と兄の住む鳳凰県の実家に、毎月五十元ほどの仕送りを考えていた（一九三三年十一月十三日付、沈雲麓宛書簡、『沈従文全集十八巻』）。

（3）『沈従文別集』所収版による。

附録

この書簡集の理解のために

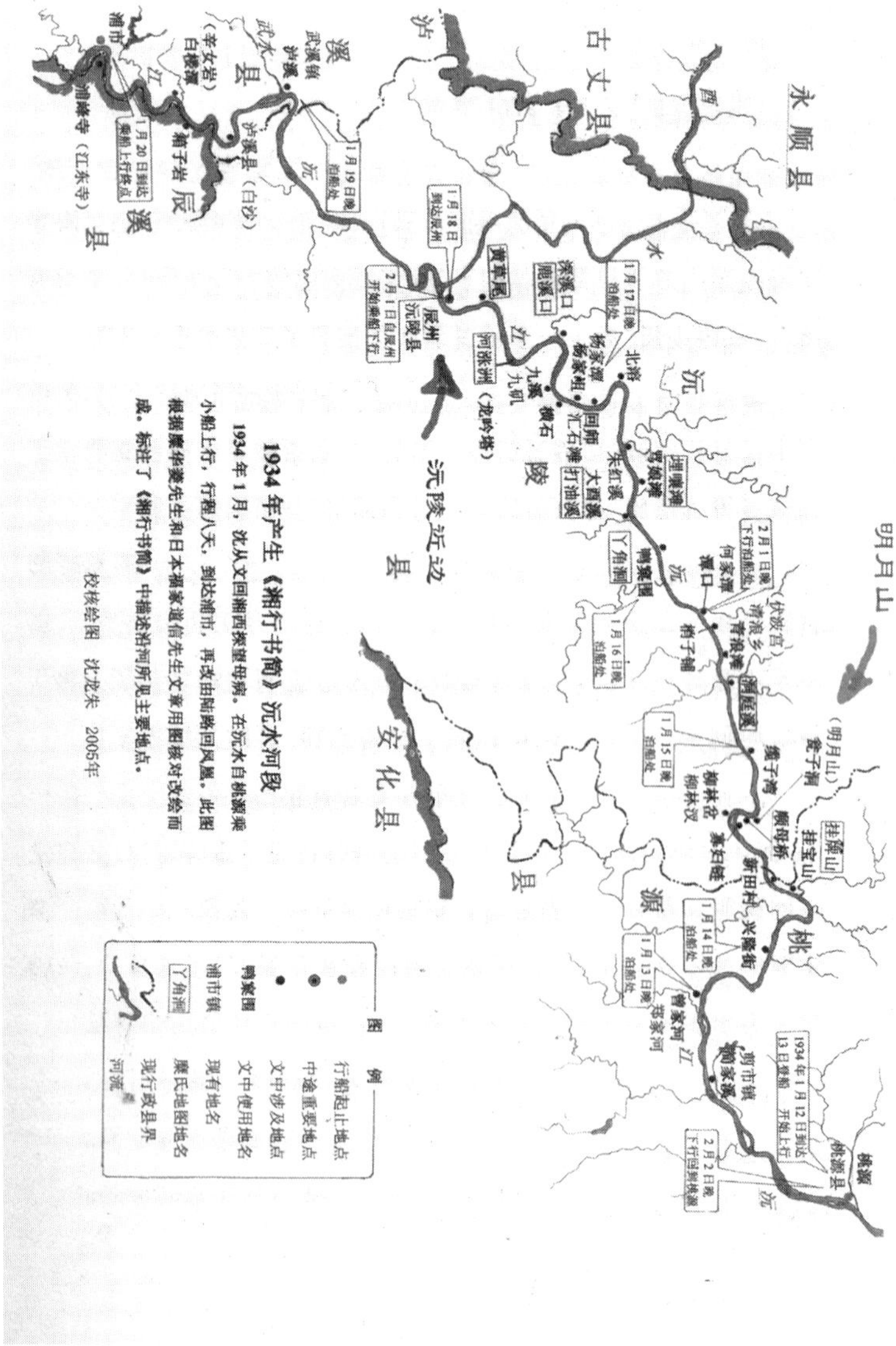
永顺县
古丈县
明月山
沅陵近边
安化县
1934年产生《湘行书简》沅水河段
1934年1月，沈从文回湘西探望母病。在沅水自桃源乘小船上行，行程八天，到达浦市，再改由陆路回凤凰。此图根据滕华溪先生和日本福家道信先生文章用图核对改绘而成。标注了《湘行书简》中描述沿河所见主要地点。
校核绘图　沈龙朱　2005年
图例
行船起止地点
中途重要地点
文中涉及地点
现有地名
河流

湘行地図（沈龍朱作成）

主要登場人物

福家道信

主人公

沈従文《シェンツォンウェン》（しんじゅうぶん　一九〇二年―一九八八年）

現代中国の小説家、文化史研究家。本名、沈岳煥、中国湖南省鳳凰県（現在湘西土家族苗族自治州内）出身。一九二四年より一九四九年まで小説家、雑誌編集者、大学教員（西南聯合大学、北京大学）として活動、のち中国歴史博物館、社会科学院で文化史研究に従事。旅行時、彼は中編小説「辺城」の連載中であり、旅行後、『湘行散記』の各散文を発表。小説家として最も成熟していた時期に湖南への帰省旅行に出ている。愛情告白の合間に見られる風景、自然、人間の生活から受けた感銘の有様は彼の思想の深化を見るうえで非常に重要であろう。沈従文は兄弟姉妹九人の中の四番目に生まれたが、二番目の男子なので張兆和から「二哥《にいさん》」と呼ばれていた。

張兆和《チャンチァオホー》（ちょうちょうわ　一九一〇年―二〇〇三年）

安徽省合肥に生まれ、蘇州で育つ。父、張吉友の創設した樂益女子中学を卒業後、南京曁南大学女子部（中学）に進み、

写真17　沈従文と張兆和（一九三四年当時の写真）

一九二九年、胡適が校長を務める呉淞上海中国公学に入学。同校へ非常勤講師にきた沈従文と知り合い、足掛け四年間にわたる沈従文の熱狂的な求愛のすえ、一九三三年九月に結婚。沈従文との間に長男龍朱、次男虎雛をもうけた。兄弟姉妹のなかでは三番目なので「三三」と呼ばれる。この書簡では彼女に対する沈従文の愛情告白は溢れるばかりであるが、やがて結婚生活では二人の関係性は変化する。しかし、張兆和は気丈に夫を支え続け、激動の時代を乗り越える。沈従文の生涯を考えるうえで、前半生の最も重要な時期に彼女が関わっている。書簡からは、当時の彼女が夫の主催する天津『大公報・文芸副刊』の編集業務を手伝っていたことや、新たな作品集のために夫の作品を筆写していたことが窺える。結婚前の時期、沈従文と彼女が青島大学で同僚となり、ピクニックに出た際、「辺城」を書く契機を沈従文が得た記述も書簡に見え、興味深い。張兆和は小説集『湖畔』（一九四一）を出版。また一九五四年からは人民文学編集者ともなる。

沈従文の実家の家族

沈宗嗣（―一九三〇年）

沈従文の父親。若くして軍人となり、義和団事件後、郷里に帰り、黄英と結婚、九人の子女をもうけた。父は沈従文の幼少時、大きな期待をかけたが、辛亥革命後、選挙で破れたことから腹を立て、鳳凰県を飛び出て北京に行き、仲間と鉄血団を結成。袁世凱暗殺を謀った。計画は露見し、彼は東北に逃れ偽名を使い放浪生活を送った。一九二三年夏、沈従文が軍閥の部隊での生活に終止符を打ち、保靖より沅陵を経由して北京に向う途中、この地で軍医となって暮らしていた沈宗嗣と十余年ぶりに再会した。この時、沈従文は父親から初めて自分の本当の祖母が苗族の女性であることを聞かされた。

黄英（　――一九三四年）

沈従文の母親。郷里の貢生で文廟教諭黄河清（土家族）の娘。当時、結核を患い、鳳凰県の家で病床に伏していた。沈従文の帰省は母を見舞うためであった。これより前の小説「静」（一九三二）に、肺結核を患い吐血を繰り返す母らしい人物が描かれている。

沈岳霖

沈雲麓、沈雲六とも。沈家の長男。沈従文の小説や黄永玉の散文からすると相当遠風変わりな人物。画才があり、父親が出奔して行方不明になった後、人物肖像画を書いて旅費をかせぎながら遥か東北まで父親探しの旅行を続け、遂に見つけ出す。当時、彼は辰州（沅陵）の霊官巷に自分で設計した新しい家（芸廬）を建築していた。抗日戦争勃発後、沈従文はここで三か月ほど滞在、聞一多、蕭乾等、北方より昆明へ疎開する知識人たちを接待した。書簡では大哥《にいさん》、大大《にいさん》の呼名で登場。当時、沈従文は兄に月々仕送りをしていた。兄への書簡は『沈従文全集』に多数収録されている。

写真18　沈従文・弟沈荃・九妹・兄沈雲麓、母黄英

姉さん

沈岳霖の妻。鳳凰県の家で黄英の世話をしていた。

沈荃

沈従文の弟。黄埔軍官学校の卒業生。書簡には書かれていないが実は射撃の名手。抗日戦争での英雄的戦いぶりは、テレビドラマ「十一公里」で有名になった。沈家では六番目の子供なので六弟と呼ばれるが、男子のみ数えた場合は三番目なので三弟《サンディー》とも呼ばれる。また、張兆和の書信では三哥《サンゴー》とも書かれている。沈従文の帰省時、彼は病気を患っていたうえ、陳渠珍の軍隊内で不都合なことが生じ、蟄居状態にあったらしい。書簡の内容からすると彼は当時すでに結婚していた。建国後、彼は反革命罪で誤って処刑され、沈従文と張兆和が彼の娘を引き取り育てた。一九九四年当時、彼の妻は沈従文故居の一角で生活していた。

沈岳萌

沈従文の妹。沈家の九番目の子供なので、書簡では九九《9ちゃん》、九妹《チューメイ》の呼び名で登場。一九二七年に母親とともに北京の沈従文のもとに来て以来、母親が湖南へ帰った後も、兄沈従文とともに都会での生活を続けた。沈従文は妹と親密で、彼女に高等教育を受けさせようとしていた。書簡には学費を工面した話が書いてある。

写真 19　鳳凰県沈従文故居の前。鳳凰県北門。
（一九九四年）

張兆和の実家の家族

張吉友

張兆和の父。張家は安徽省合肥の名門で、有名な大地主。吉友の祖父、張樹声は太平天国の乱に際して李鴻章の淮軍に加わり大功を立て、江蘇巡撫、両広総督などを任じた。張吉友は開明的な人物で、蘇州に居を移してからは樂益女子中学を開校するなど、私財をつぎこんで教育事業に尽力した。娘たちにはそれぞれ自由に結婚相手を選ばせた。再婚したので先妻及び後妻との間に四女六男がいた。

張元和（一九〇七年—二〇〇三年）

張兆和の上の姉。張家四姉妹の長女。三十年代末の有名な昆曲俳優、顧伝价と結婚。顧伝价は梅蘭芳とも共演したことがある。

張允和（一九〇九年—二〇〇二年）

張兆和のすぐ上の姉。張家四姉妹の上から二番目。昆曲家。夫、周有光（一九〇六年－二〇一七年）は著明な言語学者、漢語拼音方案制定に携わった人物。妹張兆和の結婚に一役買った。

張充和

張兆和の妹。張家四姉妹の四番目。書家。当時、北京の沈従文家に滞在。書簡中では四妹《スーメイ》、四丫頭《スーちゃん》の名前で登場。小説を書き原稿を沈従文に見てもらっていたらしい。張兆和の写真とともに彼女の写真も沈従文は旅に持参し、船艙に飾っていた。『沈従文別集』『沈従文全集』の表紙文字を揮毫。

張寰和

張兆和の弟。彼女には六人の弟がいたが、そのうちの五番目。張寰和は一九三二年夏、沈従文が青島より蘇州に行き、初めて張兆和の家を訪問した際、沈従文をもてなすため自分の月二元の小遣いの中から小銭を出してサイダーを買った。沈従文は感激し、彼のために小説を書くことを約束した。『月下小景』中の第二篇「覓尋」より第九篇「慷慨的王子」までの小説末尾に、それぞれ「為張家小五」または「為張家小五哥」という語が見えるのはこれによる。

地元の友人

曽芹軒

沈従文の放浪時代からの旧友。『従文自伝』に登場、『湘行散記』「戴水獺皮帽子的朋友」の主人公のモデル。女性経験の豊かな男。絵画の収蔵家。罵り言葉の知識も豊富。常徳に到着した沈従文は彼の営む傑雲旅館に宿泊し、彼に桃源まで付き添ってもらい小船を雇う。

都会の友人知人など

巴金（一九〇四年—二〇〇五年）

当時、北京の沈従文宅に逗留。沈従文の書斎で『電』『雷』などを執筆。沈従文の留守中、一室に集まり食事をする際、張兆和、沈岳萌、張充和ら若い女性たちと同席になるので、恥ずかしがってうつむいたままろくに顔を上げることもできず食べていた。後に張兆和は彼の主催する雑誌に小説を発表し作品集『湖畔』を出版する。

楊振声（一八九〇年—一九五二年）

小説家、教育家。もと国立青島大学学長。沈従文とは縁の深い人物。当時、北京で小中学校教科書の編纂事業に携わり、沈従文は朱自清、呉晗らとともにこの事業に従事していた。
李健吾（一九〇六年―一九八二年）
小説家、翻訳家、戯曲家、評論家として有名。筆名、劉西渭。沈従文は彼の『辺城』評を高く評価していた。この旅行では李健吾の原稿を所持していた。
凌淑華（一九〇〇年―一九九〇年）
小説家、当時、国立武漢大学で教鞭を執っていた。鳳凰県からの帰途、武漢で彼女の所に立ち寄かどうか沈従文は算段する。
張姉さん
沈従文の家にいた家政婦。

船乗りたち

舵取り（親方）
桃源で沈従文が雇った船の主。他人から借りた船で川を行き来して生活する。川を熟知していて沈従文を驚かせる。しかし、阿片吸引者のため折角かせいだ金も使い切るので持ち船を買うことも嫁を迎えることもできない。
水夫
兵隊出身。沈従文の乗った船を竹竿、引き綱などを使い上流へ進める主役。経験豊富で世間の裏を知り尽くしているので沈従文は危険を感じる。

見習い水夫

一人前でないので、竿を水に挿す際に失敗して激流に落ちる。

トルストイに似た老人

早瀬の難所で臨時に船を引き、金をかせぐ。賃金を決める際、雇う側の船乗りと僅かな金額を最後まで争う。歯が全部抜け落ちているが、体格は逞しく、白い眉毛、大きな鼻、長いひげなどトルストイそっくりで、沈従文に強い印象を与える。

帰りの船の船頭

帰途の船の中で沈従文に訳の分からない話をしてうんざりさせる。

小説の登場人物

翠翠《ツイツイ》

沈従文の「辺城」のヒロイン。湖南・貴州・四川（現重慶市）の省境の町、茶峒の渡し守の孫娘。地元の青年兄弟二人から求愛を受けるが、不都合な出来事が続き、兄は町を出て下流に向かう途中、青浪灘で水死。弟も親の進める縁談を断り、町を去る。嵐の日の未明、祖父は死亡し、孤独のまま青年の帰りを待つ。

柏子《パイズ》

沈従文の短編小説「柏子」（一九二八年）に描かれた水夫。柏子は常徳と辰州（沅陵）の間を往復する船で働き、船が辰州の船着き場に着くとなけなしの金を懐に吊脚楼の馴染みの女の所へ行き、一時の喜びにひたる。沈従文の愛してやまない水辺の人間。

軍人

昔の上司　陳渠珍（一八八二年―一九五二年）

一九二二年から一九二三年にかけて沈従文が保靖にいた当時、この人物の秘書を務めた。沈従文の成長を考えるうえでは重要な人物。陳渠珍は一九一〇年代末以来、湘西（湖南西部）で独自の自治と近代化を図ろうとしていたが、他の地方軍閥との軍事的衝突、及び、往年の部下で後に桑植（現張家界市）にソビエト根拠地を打ち立てた賀龍との戦いなどで勢力が疲弊、一九三五年には湘西の支配権を、長沙の何鍵指揮下の政府軍に譲り渡し下野。沈従文が帰省した一九三四年は陳渠珍が軍事的、政治的に追い詰められた時期であり、沈従文は胡也頻や丁玲ら共産党系の友人の有ったことが知られており、彼が鳳凰県に帰省するのは極めて危険であった。

虎雛

二十歳過ぎの兵士。沈従文の弟、沈荃の副官。旅の二年ほど前、沈従文が発表した短編小説「虎雛」（『小説月報』第二十二巻第十号、一九三一年十月）では、「私」は郷里から来た少年兵士に、上海で高等教育を受けさせようという夢を持つが、いざこざに巻き込まれた少年は、相手を殺し行方不明となる。強烈な野性味を帯びた少年兵のモデルがこの人物らしい。沅陵で彼と再会した沈従文は、鳳凰県までこの人物に付き添われて旅行を続ける。『湘行散記』「虎雛再遇記」（一九三四年）参照。

ちなみに、沈従文は旅行の二年後、一九三七年に生まれた二男に虎雛と命名した。沈虎雛は父親の没後、膨大な分量の未発表資料を整理して父親の全集出版の作業を進めた。

戴旅団長

沈従文の親戚、戴季陶（国民党の同名の政治家とは別人）と思われる。沈従文の往年の上司で湘西王と呼ばれた軍閥陳渠珍の部下、当時沅陵に駐留していた。沅陵に着いた沈従文を食事に招いてもてなした。

写真 20　鳳凰県虹橋の両側に残存していた吊脚楼。一九九四年当時。

写真 21 ～ 23　沈龍朱氏による細密画、沈従文三点。若い頃、一九二〇年代、三〇年代前半。

旅の収穫——『湘行書簡』解説

福家道信

一、

はじめにこの書簡集のもととなった手紙の由来について述べておこう。

前年の恐らくは暮れに鳳凰県の母の病気が重いことを知った沈従文（一九〇二—一九八八）は、一九三四年一月七日、『国聞週報』に連載中であった「辺城」の執筆も、楊振声邸に通い中小学国語教科書を編纂するための仕事もしばらく休み、北京（当時は北平）を離れ、湘西（湖南省西部）の故郷、鳳凰県に向かった。

伝統的な考え方からすれば、高齢の長者が病に伏せば家族、及び、一族の人間が看護に駆けつけるのは当然であるが、沈従文の母、黄英はすでに年来の肺結核が進行し重篤な状態にあった。

沈従文は、郷里で母とともに暮らしていた兄、沈雲麓とは、手紙のやり取りを平素より続けていた。現存する兄宛ての手紙からすれば、前年、つまり一九三三年九月に沈従文は北京で張兆和（一九一〇—二〇〇三）と結婚式を挙げたにもかかわらず、母親黄英や兄夫婦、そして弟の沈荃は、まだ張兆和とは一度も会ったことがなく、二人の帰省が話題になっていた。九月の結婚式には、北方の大学関係者と作家を含めて六十名ほどの出席者があったが、沈家からは母方の従兄弟の黄村生や妹、沈岳萌ら四名しか出席していなかったからである。しかし、こういった事情よりも、母親の病気の進行が彼をせきたてたのであろう。

母親を見舞うとすれば二人揃って帰るか、それとも沈従文一人で帰るかのいずれかになる。張兆和同伴ではなく、沈従文一人の帰省となったのは、季節が真冬であり、北京から湖南西端部までの道の遠さと、交通の問題があったかも知れない。湖南到着後、長沙から湖南西部の常徳、桃源へと陸路を進み、さらに桃源から水路に切り替えて沅水（沅江）を船で溯る際、難所が日々連続する川の旅には事故の可能性があったし、治安面での安全の問題もあった。

沈従文の母方の甥である芸術家の黄永玉（一九二四—）は、生後程なく両親に連れられて、全く同じ水路を上流に向かっているが、途中、土匪の出る噂があり、母親は顔に鍋の墨を塗り船底に隠れたという。その十年ほど後もなお陸上の幹線道路はなく、鳳凰県へ行くには、沅水を船で溯り、中流域の辰州（沅陵）を先ずは目指し、ついで瀘渓からさらに上流へと進むしかなかった。このような旅には常に治安に関する不安が意識された。

のみならず、近隣の江西省では五十万人に上る南京国民党政府軍が端金の中華労農政府の討伐作戦を行い、劣勢に立った労農政府は根拠地移転を計画しているとの情報が伝わり、湖南省内の常徳でも毛沢東、朱徳の捕縛に懸賞金の告示がでていた。

また、郷里の鳳凰県の家には母と兄夫婦の他に弟、沈荃がいたが、黄埔軍官学校四期卒業生のこの軍人は、沈従文の往年の上司で、当時も湘西十三県を統括し三万人の軍を率いていた陳渠珍の配下にあったものの、何らかの問題で謹慎中であった。

陳渠珍自身は十数年にわたる湘西支配が弱体化し、貴州、四川の軍閥勢力との軋轢、往年の部下、賀龍が桑植に紅軍の拠点を置いたことによる緊張関係、省都長沙方面からの圧力などにより、逼迫した状態に追い詰められていた。

これらを要するに、一九三四年一月当時、北京から鳳凰県に向かうのは、交通の極めて不便で、不安材料の重複する遠隔の地に、危険を承知で出向くことを意味した。地元の出身者で長い軍隊経験の有る沈従文はともかくとして、張兆和が、この時期にこのような土地へ向かうのは差し控えるべきであると考えるのが、事情を知る者の自然な判断であっただろう。

ともあれ、沈従文は結婚後、まだ四か月も満たぬ時期の妻、張兆和を北京に残して旅に出た。もっとも、北京に残った張兆和はたった一人で生活していたかと言うとそうではない。西安門内達子営の四合院には、張兆和の他、妹張充和、沈従文の妹沈岳萌も生活していた。また、前年の秋からこの四合院には巴金が客人として滞在し、巴金は沈従文の書斎を使って毎日、執筆（『雷』、『電』前半）に没頭していた。この他家政婦として張と言う苗字の女性と、コックがいたはずである。

沈従文は先ず鉄道の平浦線で南京に向かい、さらに京漢線で漢口へ、そして長沙へと鉄道の旅をした。次に長沙からは湘江を船で渡り、対岸の栄湾鎮からバスに乗り、益陽を経て資水を渡り、常徳に向かった。常徳では旧友の曾芹軒の営む傑雲旅館に泊り、曽芹軒に付き添われてバスでさらに桃源に向かった。そして、桃源から沅水を小船で溯上した。

このような行程の中で、途中の鉄道駅からも、沈従文は妻宛ての手紙を警察官に託して郵送している。しかし、この旅行の大きな問題は、電気も暖房もない厳冬期の沅水を、先に述べたような不安にかられながら遡上する点にあって、桃源以降の手紙はそれまでの手紙とは重要さの度合いが異なっていた。

後年、沈従文が振り返るところによると、彼は北京の張兆和らが心配したりしないように、毎日必ず手紙を一、二通は書いて、船中での見聞のすべてを細大漏らさず記し、なおかつ、軽妙洒脱で面白く書くよう心がけた。

そして、往路の船上で書きためた手紙は、中継地点の辰州（沅陵）で郵送し、また、鳳凰県において、そして復路では再び辰州で郵送し、合計四週間の旅から本人が帰着するよりも前に、旅行中の状況が随時、北京に届くようにしたのである。一方、北京に残った張兆和は夫の出発した翌朝、及び次の日の朝と夜に夫宛ての手紙を鳳凰県に郵送し、夫が鳳凰県に着いた時に久方ぶりに自分の手紙を夫が読めるようにした。

この結果、すでに失われた手紙（五通）もあるものの、沈従文が桃源から鳳凰県の間で張兆和宛てに書いた手紙が三十四通、張兆和が書いた手紙が三通、それから北京に帰着後、母の病没を知り沈従文が兄宛てに書いた手紙一通、これら合計四十二通の手紙を時間順に並べ、張兆和の三通を「引子」とし、沈従文の張兆和宛て三十四通を本体の部分とし、沈従文の兄宛ての手紙一通を「尾声」としたのが『湘行書簡』である。また、手紙とともに沈従文が船上で眺めた風景の感動を伝えるべく描いたスケッチ十三点もこの書簡集に収められているのを、われわれは見逃してはならない。

二、

この書簡集は、沈従文の書き残した作品を読み、二十世紀の中国を生きた彼の人生を考える上で、貴重な資料となる。

資料の意味という点では、小論冒頭ですでに触れたように、これは沈従文が代表作「辺城」を連載執筆し始めて程なく、故郷に帰り、その旅の行程で見た事、聞いた事、考えた事を細大漏らさず表現しようとして執筆されたものであって、当時の沈従文の心境や内面を具体的な肉声を通して伺える点で貴重である。

また同時に、この書簡集は旅行の直後から発表が開始された『湘行散記』シリーズの散文の原拠資料となった訳で、この点では『湘行散記』の多岐にわたる題材、多面的な表現形式、表出されたものとその背後で沈黙している物の関係等を考える上で、不可欠な資料である。

しかし、それならばこの書簡集は「辺城」を読むための、或いは、散文集『湘行散記』を読むための参考資料としての位置づけで良いのかと言えば、決してそうではない。

『湘行書簡』は、「引子」に張兆和による沈従文への三通の手紙が配されている。これに続いて、あたかも「引子」に呼び起されるかのように、沈従文の張兆和への手紙が連続する。手紙では、張兆和への愛情告白、彼女と別れている辛さと寂寞感、孤独の自覚、日程の遅れによる焦燥などが語られる。つまり、二人の関係性に関する事柄で手紙のスペースが充満している、しかし、それればかりではない。

沈従文は西南方の冬の耐え難さを改めて経験し、難所が連続する川を進む日々の中で、山、川、家屋、気象の変化にともなう風景の美しさに魅了され、川面に広がる静謐さ、櫓を漕ぐ歌の趣、動物や人声の織り成す音の世界に聞きほれる。都会の日常から文字どおり隔絶した環境の中で、自らの生命が置かれた現象のすべてを彼は文字に捕えようとする。この結果、手紙には強い感動、臨場感、驚きが表出される。

ところで重要なのは、このように単調で、孤独で、辛い状況の中で研ぎ澄まされた沈従文の感性は、日々に体験する感動によって柔軟さが加味され、彼に思考の深化をもたらしているかに思われる点である。彼が改めて見つめ直しているのは、張兆和への求愛が成就した現在の幸せばかりではなく、過酷な環境の中で生活を続ける水辺の生活者たちの存在と生命であり、自らの生命と歴史的な時間との関係性である。

このような沈従文の内面的な変化の有様が、この書簡集を読み進めると如実に読み手に伝わって来る。この点がこの書簡集の見どころというべきであろう。

構成的には、沈従文の張兆和宛てに書いた手紙三十四通の後、「尾声」として、旅行直後に母の訃報を受け取った沈従文による兄、沈岳麓宛ての手紙が配され、この書簡集は終了する。「引子」で始まり、本体がそれに続き、クライマックスを経た後、「尾声」で幕を閉じる。主たる登場人物の張兆和は「あなた」または「三三」の呼称が使われ、沈従文には「二哥」が使われる。このような点からすると『湘行書簡』は演劇的であり、地方性からすれば湘西の仮面劇の儺堂戯、或いは、この書簡中にも沈従文が船上で耳にしている辰河高腔を連想させる。

では、この構成は沈従文の着想によるものなのか。

『沈従文全集11』（北岳文藝出版社、太原、二〇〇二）の『湘行書簡』に付せられた説明によると、『湘行書簡』の各手紙に付けられた標題は、「小船からの手紙」（本書沈従文書簡2.）以外、すべて整理者によるものだという。整理者はつまり沈従文の次男、沈虎雛である。訳者の手もとには、この書簡集が一九九二年五月に『沈従文別集』（岳麓書社、長沙）の一冊、『湘行集』に『湘行散記』とともに収録されて初公開された初版本が有る。『別集』全二十冊を書肆に予約注文して最初に届けられたのはこの『湘行集』一冊であった。その後、入手したのは一九九二年十二月に出版された版の二十冊である。初版とこの第二版とでは同じく『湘行集』とはいえ、表紙の配色、紙質が異なり、目次には初版では各手紙の標題に執筆の日付や時間まで記入されているのに対して、第二版にはそれがない。また、初版の『湘行集』には、沈従文の描いた絵の他に多数の挿絵が含まれているが、第二版には整理の手が加えられ、挿絵は沈従文の手によるスケッチだけとなっている。この点から推測すれば、少なくとも挿絵に関する限り、初版の不都合を第二版で修正したと受け取れる。

『沈従文別集』二十冊は『湘行集』も含めて、どの一冊にも巻頭に張兆和の「総序」が配され、また「総序」の直後には一冊ごとに、当時としては、ほぼいずれも新出資料となる書簡や雑記、日記などが収録され、その後に既発表作品が配置される構成をとっている。張兆和のこの序文には、沈従文は生前、気軽に読めて携帯に便利な袖珍本型の選集を出版する希望を抱いていて、八十年代に実現するかに見えたが結局駄目だったこと、そして、今回、湖南岳麓書社よりこの選集を出版するに当って、従来とは異なる編集方法を採り、このように、一冊ごとに新しい資料を収録したと書かれている。

彼女によれば、それらの新資料は、近年、遺稿をまとめ整理する過程で得られ、それらは作者の社会や、文芸創作、文化史研究に対する見方を反映し、或いは、作者の境遇に対する内心の矛盾や哀楽苦悶を表わしていて、読者により広い角度から沈従文の作品や人となりを理解して欲しいため発表したのだという。

現在、ふり返ると、『沈従文別集』で公表された新資料に対して、さらに他の遺稿にも全面的な整理の手が加えられ、十年後の『沈従文全集』（三十二巻、及び補巻、二〇〇二）刊行に結晶している。

『湘行書簡』が出版された一九九二年は、沈従文の遺骨が故郷、鳳凰県に届けられた年であり、なおかつ、当年八十二歳であった張兆和が『沈従文全集』主編に任じた年でもある。張兆和にとって『湘行書簡』には青春時代以来の人生経験を背景とした特別な思いが有ったに違いない。しかし、それに加えて、息子とともに整理の課程で読む往年の手紙に、独特の作品としての個性を見出すという新たな発見が有ったのではないかと推測される。ちなみに『沈従文全集』では『湘行書簡』は「書信」の巻ではなく、「散文」の巻に収録されている。

三、

沈従文にとって手紙とは何であったのだろうか。ただちに結論を出すことは簡単ではない。しかし、彼の作品における手紙という要素について振り返っておくのは無意味ではないだろう。

『沈従文全集』には全三十二冊のうち、「小説」が十冊、「書信」が九冊を占める。この「書信」の部には、従来から知られていた『廃郵存底』のような書信形式による作品は含まれていない。また、沈従文が張兆和に求愛した四年間に書いた手紙は、それだけで相当な分量に上るはずだが、こうした手紙はほとんど抗日戦争中に失われ、『全集』「書信」の部を見ると建国期以前の手紙はただ一冊の分量を占めるだけである。五十年代以降に書いた手紙が『全集』中の八冊を占めるという事実は、文化史研究者となった後も、彼の内部に潜在的な表現意欲と強いエネルギーが存在していた可能性を示す。彼は手紙を書く際に抵抗感や困難を感じたりせず、正に泉の水が湧き出るように、一度手紙の筆を執れば、自然に様々な内容を書けた。残された手紙の内容と量からすると、自らの生命の証として手紙を丹念に書き続け、それによって自身の遭遇した時代が如何なる時代であったのか、一回性の人生をかけて勤勉に書き続ける行為の意味を、後半生において沈従文は強く意識していた可能性がある。

手紙を作品として執筆投稿するやり方は、沈従文の場合、最初期の「一個未曾附郵的信」（一九二四）の本体部分が、手紙から成り立っている一例からもうかがわれる。その後の『狂人書簡』（一九二五）の散文の連作にしても、それぞれ手紙の形式をとっている。さらに後の短編小説「生存」（一九三七）でも作中要素として現れる。手紙は沈従文においては、一般の手紙の実用性の範疇を越えて、最早期の段階で創作行為の一角を占めていた。手紙を作品に活用する考え方が、このように作家的出発当初の時期に認められる事は注目して良い。

ところで、沈従文は作家生活を切り上げた後の一九五〇年代に遊記、つまり旅行記に関する文章「『遊記』を書くことについて」（原文「談〝写游記〟」一九五七、『全集』十六巻）を書いている。彼はそこで『水経注』や『洛陽伽藍記』を始めとする歴代の遊記に関する知見を述べ、遊記の場合、詩文の約束事が極めて厳密であった時代においても、形式的制約をさほど受けず、自由に表現ができた点を長所として指摘する。沈従文の見解は、書き手の側に立った見解であり、建国後さほど間もない時期の若い遊記作者たちに対する助言であるが、彼自身の体験が当然、文章の背後に存在したであろう。

『湘行書簡』は手紙の集積であると同時にまた、沅水の下流と中流の間を往復した際の見聞体験を記すという点では、遊記の性格を併せもつと言えよう。『湘行書簡』を書簡集という視点で考えるにせよ、遊記としての視点で検討するにせよ、書き手の立場においては、形式上の枠組みに束縛されることから解放され、比較的自由な態度で、思ったままをストレートに表現しているはずで、読者にとってそのような部分は興味深い観察対象になる。彼の手紙のこうした性格を念頭にこの書簡集を読んでおくのは、創作技法の多面的な運用により作品化の練磨の度合いの高い『湘行散記』の各散文や、「辺城」を味読する上でも有用なはずである。

沈従文は、北京にいる妻に心配させぬように、不安材料となる事柄は極力避け、軽妙さを心がけ、愛情の表現でもって全書信を覆った。しかしその一方で、そもそも旅で経験した事柄は細大もらさず手紙に書き、妻に伝えるという一種の縛りも彼には有った。このような条件のもとに書き記された手紙は、時間的、内容的な連続性と類似性において、全体としては、モンタージュに似た一種の形式となって、旅の印象や思考を表出する表現効果を生じている。

また、過去の放浪時期や独身時代の体験、或いは、今後に向けての創作活動と選集出版の計画をも手紙の内容に含む点では、コラージュ的な表現効果が生じているとも言える。いずれにせよ、旅で得た体験は、その一々を仮に鉱物に例えれば、湘西という鉱脈の眠る大地で拾い上げた原石の片断に等しく、細部を観察すれば、沈従文の感性、思考、想像の特徴を直接的に見出せるのではないかと思われる。

四、

では、『湘行書簡』に現れた沈従文らしいもの、或いはこの書簡集ならではの特徴と言えるものは何であろうか。その一つは、音声の美しさに対する彼の敏感な反応と感動が、妻との共有を目指す意図と相俟って、極めて率直に表出されている点にある。

桃源を出発して程なく沈従文を乗せた小船は箘家渓と言う場所に着き、岸辺に吊脚楼の建ち並ぶ独特の景観に彼は感動するとともに、水面を彼の船と同様に上流に向かう他の船から聞こえて来る櫓漕ぎの船歌に聞きほれる。彼は早速、用意していたクレヨンを使い、眼前の風景をスケッチするとともに、手紙には次のように書く。

これは桃源の上流に有る箘家渓の二階建て家屋で、何とすべて吊脚楼です。こちらでは惜しいことに音や声を書き表わせないですが、何ときれいな響きでしょう。櫓を漕ぐ人らが歌う声、川の水の音、吊脚楼の人が話す声が聞こえています。……それから私があなたを呼ぶ声も、でもあなたには聞こえないですかね。聞こえないでしょうね。私の人よ。（本書挿絵2.（簡家渓））

水夫らが櫓を漕ぐ時の船歌と水の音、そしてその場所で生活する人々の話し声といった複数の音声が響き合い、一体化して沈従文を魅了する現場での報告は、この書簡集では繰り返し記される。そして、引用文中に「何ときれいな音色でしょう」とあるように、感動したことをその都度、そのまま述べている。

この点が手紙ならではの特徴であって、小説では、このように、沈従文に感動とともに記憶される事象を作中要素として織り込むにしても、表現効果の適切如何の判断がなされた上で書き込まれるであろう。

例えば、「辺城」第五章では、次のように櫓漕ぎの船歌が記されている。

祖父は翠翠が何故不愉快なのか理由が分かったので、櫓を漕ぐ人間が早瀬を下る時に力をこめるよう促す歌を口ずさみ、声は低くしわがれたものであったけれども、言葉遣いは実に確かで、曖昧なところは微塵もなかった。翠翠はそれを聞きながら前に歩き、ふと立ち止るとこうたずねた、

「じい、じいの船は青浪灘を今下っているところなのか」

ここでは、櫓漕ぎの歌という要素は、書簡集でのように水夫が早瀬で力をこめるために歌っているのではなく、日の暮れた川沿いの小道を歩く祖父が、翠翠の気持ちをなだめるために歌うものとして、元来のコンテクストから切り離されて使用されている。

そして、祖父の歌は老人の声ではあるけれども深い趣が有り、それ故に彼の歌は翠翠の生命内部に入り込み、彼

女は船の状況を思い描くことに夢中になって問いかけの言葉を発し、青浪灘の地名を口にする。

「美しい」とか「感動した」という、主体と客体との間を直接性によって関係付ける言葉使いは「辺域」のこの部分では見られない。櫓漕ぎの歌という沈従文の心に深い感動を呼ぶはずの事柄は、「辺城」の文章の流れの中では本来それに密着していた直接的感情が姿を消し、一種の詩的言語と呼ぶべき要素に練磨されていると考えられる。

話題をもとに戻すと、音声的要素として、この書簡集において沈従文の感動を誘うものには、この他積雪による無音の状態、船底を流水がこする音、羊の鳴き声、船の板の隙間を麻くずで詰めて修理するための木槌の音、夜中に漁をする際に舷側を棒で叩く音、子供の歌声、鳳凰の方言で話す声、出港時になっても吊脚楼の女性のもとから帰って来ない水夫を呼ぶ声などがある。

時により、音声的要素は、実際に聴覚で感じられるものから、想像によって思い描かれるものに移行する場合もある。

船は停船し、本当に静かです。あまりの冷え込みによって、すべての音が凝固したみたいで、ただ船底の水音だけが、ほんのかすかな響きを立てながら流れて行きます。その音をそれと感じ取るのは、ほとんどもう耳ではなくて、ただ想像だけがそうさせるのでしょう。しかし、実際に音は聞こえます。（本書沈従文書簡4．水夫たち　三三独占読物）

また、このような音声的要素に対する感動が極度に高揚した場合、「詩」という言葉が使われている。

また素晴らしくきれいな歌声が聞こえていて、本当に美しいです。今度は子供の声が先頭になって歌い、特に可愛い声で、格別にきれいです。あなたがこれを聞いたら、一生忘れないでしょう。全くもってこれは詩です。最高に耳を楽しませてくれる音楽です。二哥《アルゴー》は器用さが足りず、絵に描くことも、文字に書くこともできません。（本書沈従文書簡6．河岸の街の想像、傍線筆者）

「詩」という言葉は、ここではある状況の中での感動の極みにおいて用いられ、彼の能力では文字による表現も絵による表現も不可能と言い表わされている。言い方を変えると、言語的表現を超えた、何らかの強い感動そのもの、或いはそれの表出を追及する試みが詩ということになるであろうか。

冷え込みがきびしく、空気まで今にも凍りそうな感じです。村で鶏が鳴いていて、その声もひどく寒い感じがします。悪い時に来たもので、南方の寒さが北方よりなおひどいとは思ってもみませんでした。

櫓を漕ぐ船歌がまた聞こえます。全くもって詩です。こうした歌声の中にいると私は心の震えが止らず、まるで歌は私のため、愛のために歌ってくれているような気持ちになります。事実としてはこれは力を出して働かねばならないので、気分を高揚させるべく歌っているのです。下って行く船では櫓を漕ぐのに力はいりません。（本書沈従文書簡10．今日は二枚だけ書く、傍線筆者）

この例からすれば、彼に「詩」を感じさせるのは、ある現象的な状況の中においてであり、様々な耳に快い音と彼の生命が出会うことによって、美的なものが内在化する瞬間を指すと受け取れる。

一方また、彼の脳裏には眼前の状況から自作の詩が想起されることもあった。

三三、私の小船はもうすぐ何とも素敵な所に着岸しようとしていて、地名を「鴨窠囲」と言い、川には随所に大きな岩が有るにもかかわらず、水は滑らかに流れ、深さは底知れぬ深さです。岩という岩に小さな草が生え、まるで翡翠のような緑色で、それらの上に雪が覆い被さっています。右にも左にもこのような岩の有る川の中を船は進んで行きます。「小さな丘と平らな山の背」、私はこの四文字を思い出しました。ここの「小さな丘と平らな山の背」は随所がそうで……。（同前、今日は二枚だけ書く）

二度繰り返される「小さな丘と平らな山の背」の原文は「小阜平岡」で、翻訳の困難な言葉使いであるが、この四文字は沈従文が『新月』（一巻九号、一九二八）に発表した「頌」の第一連に見られるものである。

説是総有那麼一天,
你的身体成了我極熟的地方,
那転弯抹角，那小阜平岡；
一草一木我全都知道清清楚楚,
雖在黒暗里我也不至於迷途。
如今這一天居然来了。

（『沈従文全集』第十五巻、一二九頁）

さて、いずれそんな日がやって来て、
あなたの身体はすみずみまで私の熟知する場所となり、
その曲がりくねった辺り、その小さな丘と平らな山の背など、

一木一草何から何まではっきり知りつくし、
闇の中でも私は道に迷うなんて心配はない、
今、その日が何とやって来た。

（傍線、筆者）

きわどいと言えばきわどい作品かも知れないが、大自然の光景の中でこのような「詩」を想起するのは、もともと都会的な発想ではなく、沈従文の小説「夫婦」（一九二九）や「雨後」（一九二八）に似て、性愛に対する大らかな捉え方に由来する可能性が有る。

なお、ここで付け加えておくと上記書簡からの引用の最後の点線は原文でもそのまま点線となっていて、この書簡集の体例として、あえて原信からは活字に書き起こさなかった字句があるのを示すと思われる。

さらに音声と「詩」に関してこの書簡集には、次のような例も見られる。

漁のための拍子木は奇妙な音で響き、これほど静かな場所にあって、こんなに奇妙な音が聞こえて来るので、もしも四丫頭《スーちゃん》がこれを聞いたら、きっと仰天して大喜びするでしょう。これは一編の美しい詩とも言えましょうし、また聞く者を怪しく魅了する一種の呪文とも言えます。だって、この音が響く中で、水中にいる沢山の魚が皆網に引っかかる訳だし、同時にまた、これを聞く人次第では、この音によって土匪が来る際の様々な気配を連想するでしょうから。三三、およそこの川に在るものはすべて、このように恐怖と新奇と美しさが捏ね合わせられたかのような感じなのです。（沈従文書簡21．淵での夜漁）

これは鴨窠囲に停泊した夜の出来事であり、沈従文が感じた「詩」は『湘行散記』「鴨窠囲的夜」（一九三四、四）に書き込まれていると考えて良いはずである。

五、

「詩」という用語とともに、この書簡集では「柔軟」或いは「軟」、「軟弱」という用語が、沈従文が強く感動した際に使用されている点に注意したい。

三三、他にも私があなたに何度も迷惑をかけたのを思い出して、今、私の目は涙でうるんで、ぼんやりとしか見えません。あなたには全く申し訳ないです。私の愛しい人、もし今この時私があなたのそばにいたら、私がどれほどあなたを愛しているか分かるでしょう。あなたの素晴らしさを一々思うと、私は自分がひ弱になります。（本書沈従文書簡9．纜子湾に停泊、傍線筆者）

沈従文は金銭的な件で張兆和に負担をかけた上、持ち前の野放図な性格がぬけきらないため、彼女の気分を多々害した出来事を反省し、張兆和の愛情に感動して涙を流す。この時の心の状態を原文の中国語では「軟弱」の語で表わしている。一応、翻訳では「ひ弱」と訳した。これに類する心的状態を表わす表現に次のような例もある。

ひとしきり泣くと、私は心の中がすっかり柔和な気分になりました。（同前）

これは同じ手紙の末尾に有る表現で、原文は「温柔」である。これ自体では注目するほどでもないが、前記引用との関連である心的状態を表わす言葉として留意しておきたい。ところで、次のような例を見るとどうであろうか。

嶗山で、死んだ人の報廟の儀式を見た有様を、今でもあなたは覚えていますか。きっとよく覚えていると思います。私はあの時の印象にはいつも心が柔らかくなり感動してしまいます。あれはほんとうに見る者に感動を与え、あの時のチャルメラの奏者、幟を持った人、喪の装束をした人、見物人、そして小さな廟さえ、どれも人を忘れ難い思いにさせます。（沈従文書簡11．三枚目……傍線筆者）

この記述は「辺城」着想についての回想の一つであって、一九三二年二月、沈従文が張兆和とともに山東省青島嶗山北九水にピクニックに出かけた際、一人の少女が喪式の喪主を務めているのを見かけ、これをもとに小説を作ると彼は張兆和に約束した。ここでの原文は「心軟軟」である。引用で推察できるように、「辺城」を着想する過程で、心の状態として、このような深い感動が有った様子が分かる。彼の感動は一つの忘れ難い場に遭遇したためであり、それは視覚的かつ音声的な面でも意識されている。

三三、筏の火灯りは絶対見ないといけません。ここまで来ると川幅がそう広くなく、加えて両岸の山は高い（嶗山よりはるかに高い）ので、夜、静まりかえると、人の話す声が全部聞こえます。羊がまだ鳴いています。私は何故か分かりませんが、今、心がことのほか柔和です。私は凄く悲しい気持ちです。遠方では犬がまた吠えていて、それから、誰かが「また来なよ、年が明けたらまた来なよ」と言っています。今、客を送り出しているのであって、きっとあれらの吊脚楼の家で水夫が川に下りて行くのを見送っているのでしょう。

風が強くなり、手も足も冷えきってしまいましたが、私の心は暖かいです。でも私には何が原因なのか分からないのですが、心の中が総じてひどく柔らかです。（本書沈従文書簡13．夜、鴨窠囲に停泊　傍線筆者）

二箇所の傍線部の原文はそれぞれ「柔和」と「柔軟」である。前者の直後には「悲しい気持ち」が書かれている。「辺城」の場合、右の引用部分のような深い感動が有り、作品が生まれている。一方、鴨窠囲での夜の体験は、このような心的体験の後、『湘行散記』「鴨窠囲的夜」（一九三四、四）が書かれている。この点は是非注目して良いであろう。

沅水を遡上する旅は、辰州（沅陵）の手前で幾重にも連続する早瀬に差しかかり難渋を極める。水夫は船を下りて川原に手と足を付けて這いつくばるようにして船を引くがそれでも効き目がない。激流のひどさに新しく引き船の人間を雇うことになり、トルストイに似た高齢の老人と水夫らとの、わずかな賃金の差で言い争う光景に沈従文は驚き、彼らの生きる意味と自覚について深い思索に誘われる。

しかし、真の歴史とは、実は一筋の川なのです。あの日夜絶え間なく流れる千古不易の水の中の石と砂、腐った草木、朽ちた船板は、私をして、ふだん私たちが顧みたりもしない、幾ばくかの年代の、幾ばくかの人類の哀楽に触れさせます。ごく小さな漁船が黒い鵜を乗せ下流へゆっくり漕いで行くのを眺め、石の河原で船を引いて行く人々の前に傾いた姿を眺めていると、どちらに対しても私は異常なほどに感動し、異常なほどに愛さずにはいられません。私は少し先にこれらの人々の憐れむべき生、為すところのない生について書きましたね。いやいや、三三、私は間違っていたのです。これらの人々はわれわれからの憐れみなど必要としていないのであって、われわれはむしろ彼らを尊敬し愛すべきなのです。彼らはあのように厳かに忠実に生き、しかも自然の中でおのおの自己の運命を背負い、自分のため、子女のために生き続けているのです。如何なる生き様であれ、生きるためにすべき一切の努力から決して逃れようとしないのです。彼らはその与えられた習慣と生活の中で、運命の中で、彼らなりに泣き、笑い、食べ、飲み、また寒暑の来臨に対しては、四季の運行の厳粛さをより強く感じ取るのです。三三、どういう訳か分かりませんが、私はひどく感動しています。私はできれば長く生き、そして生活を私自身のこの仕事の上で発展させたいと思います。私は自分の力を用いて、所謂人生について、如何なる人よりも厳粛で透徹した解釈ができるでしょう。三三、長い間水を眺めているうちに、私は水中の石から、ふだんは得られそうもない幾ばくかのものを得、人生について、また愛憎について、どうやら他の人々とはまるで違うようになったみたいです。私はひどくもの悲しく、結局、私は深く、先々まで考えすぎて、私自身を受難者にしてしまったみたいです。今、私はことのほか軟弱になっていますが、それは私が世界を愛し、人類を愛してしまったためなのです。三三、もし私たちが今この時二人いっしょにいたら、あなたは私の目が涙にぬれてどんな状態になっているか、分かるはずです。（本書沈従文書簡23．歴史は一筋の川である　傍線筆者）

引用文中の傍線部は原文が「軟弱」である。長い引用となったが、この部分を含む手紙は『湘行書簡』中でも最も読みごたえの有る部分であり、旅行を通しての沈従文の思考の深化を読み取れる部分である。沈従文に関する優れた論考を発表し続ける張新穎の『沈従文精読』（二〇〇五）も、この部分に強い関心を払っている。

ここでは、湘西の自然とその中で地にひれ伏すようにして人生を生きる人々に対して、沈従文は「異常なほどに感動し、異常なほどに愛さずにはいられ」ないと述べ、「ひどく感動」している状態であって、心が「軟弱」になっているのである。

沈従文のこのような「柔らかい」心の状態は、日本語に翻訳する上で適切な形容詞が見当たらない。この状態は一面では、彼と張兆和との関係性において使われているが、自然と人間の営み、及び、歴史の過去と現在を含めた大きな視野での風景の中で生じた深い感情と考えると興味深く思われる。このような感動の書き表わし方は最初期の一九二四年以来、当時に至るまで、『湘行書簡』以外に彼はほとんどしていない。「従文自伝」及び『湘行散記』では若干の用例が見えるが、周囲のすべてと溶け合い、一種「殉教者」になったような気持ちで人間と世界に対しようとする精神的な姿を、率直に表明しているのはこの書簡だけである。この「柔らかい」愛情に満ちた心的状態の体験の後に、すでに述べたように、「辺城」の連載が続行完了し、「辺城題記」(一九三四、四)の独自の方向性が表明される。さらに『湘行散記』の各散文が執筆発表され、また、旅行中に初めて着想されたと考えられる『沈従文習作選集』(一九三六)が出版され、その「序」では「辺城題記」以上に沈従文独自の姿勢が顕著になる。こうした一連の経過を思えば、この「柔らかい」心的状態は極めて意義深いものであって、このような心的状態の視点から再度、沈従文の個性的な言説を読み直す可能性が生じると考えられる。少なくとも、それによって彼の文学と芸術をより理解しやすい立場に読者は立つことができるのではないかと思われる。

『湘行書簡』の翻訳を試みて、年来気がかりになっていたのはこのような点である。この書簡集と『湘行散記』は当然、合わせ読むべきで、書簡集の個々の手紙が『湘行散記』でどのように彫琢を加えられ作品化されているかは興味深い問題であるが、小論では、この書簡集の特性を明瞭にする側面のみに努めた。拙速を図ると、一定の分量と類似性のある二作品のイメージに混乱をきたしかねないからである。訳文の注釈には、必要に応じて、適宜、『湘行散記』との対応を記した。読者の方の御参考になれば幸いである。

「主婦」に見る「物質文化」への傾き

福家道信

一、はじめに

沈従文（一九〇二—一九八八）の生涯を振り返ると、前半の文学創作の時期に加えて、後半生の「物質文化」（考古学・文化史）研究者としての時期が続き、一九五〇年代における『中国絲綢図案』（一九五七）、『唐宋銅鏡』（一九五八）、さらに一九六〇年代の『龍鳳芸術』（一九六〇）より『中国古代服飾研究』（一九八一）に至る後半生の業績も高く評価されている。

沈従文の文化史研究に対する興味は、一九四九年の転業の時、俄かに始まったものではない。この問題については、四つの時期に注目して確認することが可能である。第一は、彼が一九二三年、湖南省西部、保靖において、彼が軍閥指導者陳渠珍の秘書をしていた時であり、『従文自伝』「学歴史的地方」（一九三四）が資料となる。沈従文が北京で文学創作を開始するのは一九二四年であるから、文化史に対する興味は文学創作に対する興味よりも早い時期に認められる。第二は、一九三三年、沈従文が張兆和と結婚した当時であり、その時に彼はすでに陶磁器類の蒐集に熱中していた有様が自身の短編小説「主婦」（一九三七）の内容などから確認できる。第三は、日中戦争勃発後、沈従文は戦火を逃れ雲南に赴き西南連合大学で教鞭をとるが、疎開の旅程において、また雲南での滞在期間中に日常の陶器、漆器類に古代以来の遺制を認め、大量の実物を収集する。一九四九年、精神失調をきたした際の「関於西南中国的漆器及其他」（一九四九）の後半部分に書かれている内容が疎開中の彼の文化史に対する博識の度合いを物語る。第四は一九五〇年代以降、ほかでもなく専門の研究者となってからの時期である。

注目すべきは、一九四〇年代の後半において、彼は北京大学博物館の設置に際して自身の収蔵品を寄付し、精神失調の療養中にも陶器に関する著述を行うなど、すでに専門的な知識を蓄積していたことである。こうした事実からすれば、文学創作を行っていた期間中に彼の内部において物質文化への興味が深化していたと想定される。

それでは、「物質文化」に対する興味と文学創作に対する興味は、沈従文の内部に有って、どのような関係性をもって発展していたのであろうか。

この問題の究明は、沈従文の文学創作の特性をより明確にする上で有益であろうし、また、彼の物質文化研究における独自性を浮かび上がらせる契機になると考えられる。

五〇年代以降の彼の著述に顕著に表れる基本的性格が、織布及び図案紋様に対する興味であることからすれば、織布と図案紋様に関する興味が文学創作の着想に結び付いていたと想定するのが自然ではないかと筆者は考える。また、沈従文の出生地湖南省鳳凰県の立地と文化的特性はこの想定を裏付ける。上述の湖南省保靖時代に先立ち、彼が苗族、土家族、漢族など民族的混淆状態の中で生まれ育った点は重要である。

小論では以上のような想定のもとに、沈従文の物質文化に対する興味が顕著に表れる上述第二の時期の資料、小説「主婦」を取り上げ、作品内容において沈従文が具体的にどう客観化されて語られているか、また表現手法としてどのような技法が使われているか、この二点を明らかにしたい。これによって、創作への志向と物質文化への志向がこの当時ともに沈従文によって意識的に思索され、後々のそれぞれの発展を考えた場合、混沌状態を呈しているとはいえ、根本的な姿勢が形成された有様が確認されよう。

二、「主婦」の内容と表現――その一　叙法

結婚三周年を記念して一九三六年に沈従文は「主婦」と題する短編小説を書いている。(1) ここに描かれた碧碧という二六歳の妻と第三人称で彼と記される人物は、結婚式当日の有様や、二人の人格、結婚前後の状況などからして、確かに沈従文と妻の張兆和（一九一〇―二〇〇三）の生活を原型としていると考えて良いであろう。叙法として、沈従文はこの作品で張兆和を想起させる女性主人公を碧碧とし、男性主人公を終始一貫して「他」つまり彼と書いている。呼称のこのような設定はこの作品の基本的性格を考える上で留意して良いであろう。

年譜的事項と創作歴を振り返った場合、一九二九年、中国公学で沈従文が張兆和と知り合って以来、沈従文の作品には、短編小説「三三」（一九三一）、短編小説「三個女性」（一九三三）、中編小説「辺城」（一九三四）など、間接的にではあるが、張兆和の存在が織り込まれたと考えられる人物が登場する。

また、沈従文の没後発表された書簡集『湘行書簡』（一九九二）の内容は、沈従文が一九三四年当時、直接、妻の張兆和宛てに書いた手紙が主たる収録内容となっている。この場合、当然のことながら、沈従文は張兆和に対して、一人称で語りかけ、相手を二人称、時に張家の三番目の娘との意味で「三三」の名前で呼ぶ。これに対して、

書簡集冒頭に配された張兆和の手紙では沈従文のことを二人称、または沈家の二番目の男子の意味で「二哥」と呼ぶ。

しかし、この書簡集の中の部分的な書信は、後に、それぞれ独立したかたちで散文作品の資料となり『湘行散記』（一九三六）にまとめられると、もとの書簡に存在した二人称がすべて消失し、一人称による叙述のみとなる。もとの書簡に満たされていた一人称から二人称に向けられた、当事者以外の読み手には時にいささか過剰と思われる愛情表現は姿を消し、当時の湖南西部の切実で緊迫した現実感が行間から強く伝わる作品となる。

このような創作の推移の中で「主婦」の叙法を考えると、作品中に実名を持ち込むなどせず、女性主人公を碧碧とし、男性主人公を三人称で語り通している書き方にはそれなりの判断が有ったと考えられる。少なくとも、ここでは一人称と二人称の関係性は払拭され、客観化への志向が、他作品の事例と比べて顕著となる。結果的に描出されるのは二人の登場人物それぞれの人格であり、人格の出会い、接近、結合、その後の生活を通して、互いに知れば知るほど容易には変え難い互いの個性となる。

だが、それは書き手の深い思考と洞察による選択なのであろう。或いは、作品の背後で当事者間において交わされた相互認識の結論が反映されていると見るべきかも知れない。二人の結合が不幸なのかというと、そう述べている訳ではなく、結婚三周年の記念にふさわしく、この作品では若い主婦への賛美が、沈従文の文学技法の粋を凝らした形で書かれている。女性主人公の碧碧という重ね型の命名法は、言うまでもなく「辺城」の翠翠、「蕭蕭」（一九三〇）の蕭蕭、「三三」の三三などと同じく、作者が愛情を注いだ女性主人公たちに対するのと同様のやり方である。

三、「主婦」の内容と表現――その二　構成

この小説の内容は、二人の男女の出会い、結婚、三年間の生活について、およそ次のような構成場面から成り立っている。

（一）結婚記念日、朝の碧碧の外貌、意識、幻影、記憶
（二）三年前の結婚式の日
（三）同じ日の夜
（四）その後の二人の生活、碧碧の妊娠、出産、子供
（五）過去における二人の出会い、結婚に至る経過、美について
（六）結婚後、顕著になった彼の個性と碧碧の驚き
（七）彼の自己認識、骨董趣味の意味
（八）二人の微妙な関係
（九）結婚記念日の朝の彼
（十）庭に出た彼の意識、情緒の飛翔
（十一）部屋にいる碧碧の意識
（十二）部屋に帰った彼と碧碧

先ず結婚記念日について言えば、沈従文と張兆和の実際の結婚式は一九三三年九月九日であったが、この作品で

は年は記されず、日付は八月初五日と記されている。

小説冒頭で早朝の寝室内の若い女性が描かれ、彼女、つまり碧碧は隣のベッドに彼がいないことに気付き、外の天候を想像しながら目を閉じると「一輪のまばゆい金色の向日葵が目の辺りで揺れ続け、濃い紫の花芯とともに変動してつかみようもない」ことに気付く。

彼女は過去の生活をたどろうとするが、それもつかみようのない幻影に似て、絶え間なく目の辺りでたゆたい変化を続けている。本当の事とは何なのか、一番信じられるものとは何なのか。はっきり言えない。でも楽しい。そういえば、今日は奇妙奇天烈な日だったのだ。彼女はにっこりとした。(2)

向日葵の形象を作中に使うことは、沈従文が創作を開始した一九二四年の散文『狂人書簡』にも散文の題名として「頭を垂れた向日葵へ」(給低着頭的葵)の比喩的用法で見える。また、詩「呈小莎」(一九二六)の中に「葵花」の言葉で使われている。やがて、向日葵のイメージは、「蕭蕭」(一九三〇)、「辺城」(一九三四)において、この小説のように、主人公に早朝、寝覚めに訪れる幻影のイメージとなる。「蕭蕭」では主人公はそれを見て楽しむだけだが、「辺城」では、翠翠は向日葵の幻影によく似た何かを眺めながら、街に出た祖父の行動を連想する。向日葵が陽光や希望と結び付き、生命感の躍動を意味することは想像に難くない。小説「主婦」では向日葵のイメージは、それまでの作品よりもさらに意識的にクローズアップされて描かれている。引用で見るとおり、それは不思議な現象として人物の視覚に現れ、動態を保ちながら、叙述の流れにおいて直ちに過去の生活の記憶と並列され、意識内の記憶の世界を展開する作中要素として使用されている。この用法は「雪晴」(一九四六)ではさらに発展して向日葵の幻影は回転し、色彩がやがて変化し、工芸美術品的なイメージに変る。以上の主要な用例について筆者は

「雪晴」の分析を試みた際、沈従文の文学の夢想の豊かさとの関連でその重要性を指摘した。(3)

小説「主婦」で興味深いのは、向日葵の幻影を見ることが、美に関する記述とあたかも呼応するかのように、碧が彼の求婚についに応じた場面に出て来る点である。

美とは固定せず境界のない名詞であって、およそ一人の人間の情緒に驚きと快さを刺激によりもたらすものであればそれは美なのだ。彼女は聡明で慎み深く、情義に厚く貞潔で、誰だって彼女に引き付けられるし興味を持ってしまう。彼女の温和なまなざしは彼の野心を飼い慣らし、雑念を取り除く。彼は数多くの女性と知り合ったけれども、彼を征服し、統一できる人物として、彼女以外、そのような魔力と能力の持ち主はありえない。(4)

彼はこのような言葉で、碧碧の心を射止める。

彼の言う美の定義、つまり「美とは固定せず境界のない名詞であって、およそ一人の人間の情緒に驚きと快さを刺激によりもたらすもの」は碧碧の体現する美しさについての言及である。同時にこの考え方は、美が根源的に、個人の生命内部で生起する現象であるという点で、向日葵の幻影にもあてはまるであろう。個人が美しい物に触れた瞬間を向日葵の幻影は表わしていると考えられる。

沈従文の後半生の「物質文化」研究を振り返ると、向日葵のイメージは彼の円形の図柄紋様への興味につながるものではないかと筆者は想像するが、この点に関しては稿を改めて詳述したい。

さて、「主婦」の内容は、上記（二）より（八）までが、先に述べたような叙法により導かれた過去の出来事であり、それは構成上、寝室内のベッドにいる碧碧の脳裏で生起している一連の記憶なのであって、碧碧の記憶する内容は、その中に彼の主張や思考が含まれてはいるものの、基本的に彼女の視点から眺められた出来事である。これに対して、上記（九）（十）は繰り返すようだが、その日、目が覚めて以降の彼自身の意識を述べたものであり、（九）は寝室内での彼の思考、（十）は屋外に出てからの思考である。

このように、一人、屋内でいる碧碧の意識の表出から着手された一連の過去の出来事の叙述と、それに先立って目が覚め、室外に出た彼の意識に関する叙述が、作品末尾の（十一）と（十二）において、寝室に残っている碧碧と、屋外から帰ってきた彼との合流によって締めくくられる。作品の場面構成と時間はこのような構造により形成されている。

四、「主婦」の内容と表現——その三　式当日　骨董趣味

碧碧の目から見て、ちょっと風変りで変な彼は、三年前の結婚式当日も陶磁器などの骨董類に夢中であって、祝い物の骨董が新居に届けられるたびに喜ぶ有様は、ほとんど骨董と結婚したのも同然ではないかと彼女に思わせる。

呼び鈴が響き、表で誰かが話している。「東城の陳公館からのお届け物で、小皿四枚でございます」新郎はそれを持って新居に駆け込んで来る。「ほら、私の宝物、凄くきれいな小皿四枚。えっ、着替え中。早く見においで。使いの駄賃は一元だね。それにしてもきれいなこと[5]」

碧碧は一年前までの北平へ勉学に行く夢を捨て、今や一人の男との結婚を心底願うようになっている。自分の変化に、偶然の為す技の不思議さをしみじみ感じている彼女の前で彼は四枚の小皿に見とれている。この小皿の種類、釉薬、図柄模様がどのようなものかについて書かれてはいない。しかし、彼は結婚の喜びに浸ると同様、紛れもなく、結婚祝いに知人から送られる陶磁器の美しさに大喜びしている。

続いて王の屋敷から贈り物が届けられ、周の屋敷からも贈り物が届けられる。片方は陶磁の花瓶で、もう片方は陶俑である。さっき同様、新郎は贈り物を抱いて新居に入って来る。「いやはや素晴らしい花瓶と陶俑の美人。碧碧、来てごらん(6)」

式用のシルクのチャイナドレスに着替えた碧碧が小部屋から出て来ると、彼は窓の前で花瓶の置き場を考えている。妻の美しさに驚嘆の声を上げ、彼は碧碧に近づく。

「あら、お願いだから、駄目、触らないで、両手が埃だらけじゃないの。その花瓶、どちら様からなの」「周さんからのお祝い」「一体どういう積りなの。壊れやすい物ばっかり集めるのに夢中になって、自分で買ってまだ足りないで、友達からももらおうとするなんて。ほんとうに変」「変なことないよ。これは趣味なのだから。この青釉の花瓶素晴らしいだろう」「もう、やめて。手を洗ってちょうだい。趣味のお宝の相手をしていたら良いわ。客間へ行かなくては。姉さんがまた大騒ぎしているから(7)」

彼は念願がかなって彼女と結婚の日を迎えた。嬉しさに耐えず美しい新婦のそばに来ると抱きしめずにはいられない。と同時に、小皿、花瓶、陶三彩の蒐集にも夢中になっていて、結婚記念に何が良いか友人に質問されると逐一、骨董類が欲しいと相手に率直に伝えているのであろう。確かに彼は碧碧の言うように、変な人なのであろう。それにしても、彼の要望に従い、普通とは異なる結婚祝いを送り届ける友人が、少なくとも、作中に書かれた件数からすれば四人はいる。このことは、彼の個性と嗜好を尊重する知人友人がいることを示している。

作品の舞台は北京であろう。現実の一九三三年に戻るならば、沈従文が北京を最初に訪れた時より十年ほど経過しているものの、辛亥革命から数えればまだ二〇年少々しか経過していない。崩壊した清王朝のもろもろの宮中用品や文化的遺物が、瑠璃廠のみならず随所の市場露店に多く残っていたと想像される。結婚祝いに一定の金額をかけて骨董品を選ぶとすれば、当然、受け取り手を狂喜させる品々が揃う可能性が有る。この事からすれば、結婚式当日、新居に新郎新婦用の衣装が届けられ、二人とも衣装の試着に時間を費やすとともに、珍奇な骨董類の贈り物が次々届いて新郎は大喜びし、新婦は前々から気付いていたものの、まさかこれほどではとあきれ返る事態が出現するのも不思議ではなく、自然である。

結婚式の賑わいが終った当日の夜、碧碧は衣類を取り片づけながら彼を観察する。彼は箪笥の上の羊脂玉の小箱の位置を動かし、コバルト釉薬の皿をそこに置こうと思案中である。黙ったままでいる彼女に対して、彼は二度三度と立て続けに話しかける。

皿を賛美するかのように、また彼女を賛美するかのように、「私の宝物、ほんとうに素晴らしい。疲れただろう。もう限界かな」

彼女はにっこり笑顔を浮かべ、心でこう思っている。「あなたこそ疲れたでしょう。だって、そのお皿の位置を変えるの、これで五、六回目じゃないの」

「私の宝物、今日とうとう結婚できた訳だ」

彼女は微笑のままで、こう言おうとしているかのようだ。「あなたは今日、陶磁器と結婚したのも同然だわ。私を宝物と呼ぶかと思えば、そのお皿や壺を宝物と呼んでいるじゃないの」

「誰だって嗜好の一つや二つなくては。嗜好を持つと癖になって、止めようとしてもどうにもならない。銅や玉の収蔵は財力がないし、書画は眼識がないけれど、こうした小さな品物は、さほど金がかからず、全く無意味かと言うとそうでもない。大体他人の欲しがらないものを求めるのだから、……」

彼女は相変らず微笑したままだが、その意味はこう言っているかのようだ。「何ですって。他人が欲しがらないものをあなたは求めているという訳なの」

ちょっと待てよ、と彼は考え、言い損なったのに気付きあわてて取り繕いながら言う。「皿や瓶を集めるのは、人が欲しいと思わない物を求めている訳だ。人間についてては別だよ、誰もが追い求めても駄目だった人を、とうとう自分は手に入れたのだ。私の宝物、この数年、どれほど苦しい思いをさせられたことか、見当も付くまいね」

彼女は相変らず微笑したままであって、こう言っているかのようだ。「あなたがほんとうに愛していて、あなたに幸せをもたらすのは、どちらかというと、こういった壊れやすい品々じゃないの」(8)

引用が長くなったが、沈従文はこの場面で「宝貝」という中国語を、愛しい人物の意味にも、人間以外の宝物という意味にも使用できるので、双関語として使用している。さらに、彼の言葉に対して無言のまま微笑を浮かべている碧碧の心中を、それぞれ彼の想像によって、引用部分のように順次展開して行く。技法的には、沈従文が『湘行散記』などにおいて見せるのと同種類の、現実から想像への巧みな移行により、人物の内面を描出する方法である。人物の特徴として、彼が話しかけても碧碧は微笑しながら沈黙したままである。

「主婦」は『沈従文全集』（第八巻）で頁数にして十四頁の作品であるが、以上に紹介した作品冒頭部分の結婚記念日三周年の朝より始まる結婚式当日の叙述まで、分量にして四頁であり、全体の二八パーセント強を占める。この分量の叙述において、作者は睡眠中の人物の容貌の外面描写と、覚醒時の意識内部の描写、さらに、新婦と風変りな新郎との関係性の描写において、それぞれに、デッサンの正確さ、幻影の使用、双関語、及び、現実に想像をさりげなく継ぎ足す技法の適用などを行っている。

安徽省合肥の指折りの名家に生まれ、学校経営に没頭する父を持ち、文化的に最良と思える環境で育った令嬢、張兆和に対する沈従文の結婚記念のプレゼントとしては、この短編小説は「辺城」や『湘行散記』に見える特徴的な技法を連続して使用しており、いかにもふさわしい。

五、「主婦」の内容と表現——その四　経糸と緯糸

自身の表現技法に関して、晩年の沈従文は興味深い言説を残している。母方の甥である黄永玉の両親について、彼は四〇年代に散文「一個伝奇的本事」（一九四七）を発表したが、新たに『沈従文散文選』（一九八二）にそれを収録するに当たり、彼は「附記」を記し、この散文に関して次のように述べている。

この文章は当地の歴史的な変化を経糸とし、永玉の父母の一生、及び、一家の災難の状況を緯糸とし、交互に織り上げて一編にしたものである。使用した色糸は四、五種類だけだが、繰り返し錯綜させ織り続けた結果、

土家族の方格錦紋様の効果が出ている。布全体を見た場合、人間の目を惑わすところが有り、これの主題と寓意の所在をはっきり把握するのは難しいかも知れない。しかし、未だ「概念」や「公式」に制御されていない読者なら、視界が広がり、個人の故郷に対する「黍離の思い」を若干なりとも見出すこともあるだろう。(9)

黄永玉の両親がたどった運命は、故郷、鳳凰県の軍事的、行政的な没落衰退を背景として下降の道を進んだのであって、「一個伝奇的本事」は内容的に決して軽い性格の作品ではない。とはいえ、母方の従兄夫婦を描くに際して沈従文が想起した創作方法は、数種類の色糸を、経糸と緯糸に織り交ぜながら織り上げる作業に比せられるものであったと言う。「附記」の執筆終了は文末に一九七九年十月十四日と記されている。この年は改革開放路線が打ち出された翌年である。一九八一年には沈従文の『古代服飾研究』が出版され、国内外で大きな話題となり、程なく、小説の選集とともに『沈従文散文選』も発表され、沈従文ブームが到来する。歴史的な変化を経糸とし、人物や家族のたどった境遇を緯糸とする比喩的思考のかたちは、「一個伝奇的本事」が書かれた四〇年代にも同様であったのか。やはり、五〇年代以降の膨大な分量の錦、緞子、刺繍などの実物を日々、手に取り、図柄紋様と複雑な織り方を研究する生活を経た上で、往年の文章を振り返り、彼の脳裏に浮かんだ言葉ではないのか。簡単に結論は出しにくいが、「附記」の言葉が後付けの説明であるとしても、沈従文の文学作品を理解する上では参考になる。「主婦」の場合、この「附記」に見られる思考を参考にするならば、この作品で経糸に相当するのはむしろ碧碧と彼であり、緯糸には二人のそれまでの生活体験や性格など、それぞれの人格を浮かび上がらせる属性であるとの仮定も可能である。彼の風変りで変な側面を結婚式当日の場で一挙に明示した古器物への嗜好は、緯糸とみなすことができよう。

さて、ここで作品に書かれた陶磁器を整理すると、少なくとも、結婚式の日に、彼が結婚祝として受け取ったのは、文意より類推して、（一）陳家からの小皿四枚（小碟子）、（二）周家からの花瓶（青花磁瓶）、（三）王家からの唐三彩（陶俑）、（四）送り主の明記されない皿（青花盤子）の四点となる。

五〇年代以降の沈従文の著述に表れる古器物は陶磁器だけではない。絹織物、銅鏡、漆器、玉、螺鈿、ガラス、扇子等、広範囲にわたる。また、結婚後、現実の沈従文の収蔵物の範囲は一挙に増加する。例えば、張兆和の妹、張充和の収蔵品の明代大蔵経の表紙に使われた錦に沈従文は強い関心を抱き、自身の収蔵品とするが[10]、後にこの着眼は発展して『中国古代服飾研究』「明代織錦」の記述に結晶する。小説「主婦」の示す数字は、一九三三年当時における彼の興味の有様を伺う上での、一つの目安にはなろう。

六、「主婦」の内容と表現――その五　「別有深意」

「主婦」の中間以降は結婚後の碧碧と彼の生活が主として描かれ、すでに述べたように、末尾の『全集』四頁ほどに相当する部分では、結婚三年目当日の現在に叙述が戻り、彼の思考と碧碧の思考がそれぞれ描かれ、互いに十分理解し合えぬもどかしさが残るものの、愛してやまない二人の抱擁で作品の締めくくりとなる。

さて、沈従文の内部で「物質文化」に対する興味が如何に発展していたか、それを探る視点よりして見逃してはならないのは、結婚当初、すでに何とも風変りな古器物愛好者になっていた彼にもともと、一つの考えが有ったからである。

碧碧から上記引用のように、ほんとうに愛しているのは陶磁器類ではないのかと言われた際、彼の反応について次のように書かれている。

彼はもうそれ以上しゃべらず、にこりと笑顔を浮かべた。或いはそのとおりかも知れない。しかし彼女は自分の嗜好はもともと別に深い思慮が有るからなのだということは知らない。彼は記憶の彼方に忘れ去られた何かを思い出そうとしているかのようで、しばらくすると、独り言のように言った。

「碧碧、君は今年二十三才で、もう花嫁になった。まさかこんな日が来るなんて二十才の時に考えただろうか。甘い目元、愛くるしい顔、それが想像もつかぬほどかけ離れた男性を身辺に引き付け、いっしょに生活するようになろうとは。彼は飛んで来たのも同じだ。何と奇妙奇天烈な事だろう。ねえ、これは人間の選択でこうなったのか、それとも事の成り行きで偶然こうなったのか。運命で定められていたというなら、去年、ぼくが南方に行かねば、現在はあっただろうか。人為によるものだとしても、われわれは真の意味で完全に自分の行動を決められるだろうか」

彼女はそっとため息をついた。すべて深く考えすぎてはいけない。先はあまりにも遠いのだもの。(11)

過去の記憶を探りつつ、独白めいた口調によって彼の語る偶然と必然に関する問いかけは、沈従文が「水雲」（一九四三）において展開した議論と本質的に共通するものであって、作中の人物は自分たちの出会いと結合について、この種類の問いかけを繰り出している。

また、彼のとる姿勢はあたかも「辺城」における老船頭が孫娘の翠翠に対して過去の出来事を語り出そうとする時に似ている。つまり、年長で過去の比較的長い生活経験を持つ彼は、人間関係の喜怒哀楽に関しても様々な記憶が有り、年下のなお生長の途上にある人間に対して複雑な思いを持たざるを得ない。これに対して、若い人間には目前に展開する事象は一々が目新しいものであり、自己の内部に起きる情感についてもそれがどのような状況であるのか把握しきれずに日々を過す。男女の年齢間の格差を外祖父の老船頭と両親ともにいない孫娘の取り合わせにおいて極限まで拡大したのが「辺城」の人物構成である。

この引用部分の前半に見える「深い思慮」の原文は「別有深意」だが、その深さは簡単には測り難い。ここで想像できるのは、人間の存在において常に人は偶然に出会う可能性が有り、偶然の出会いにより内的に生じた情感が必然性を帯びた場合、理知で統御できる範囲を越えた行動を、その人物がとる可能性が有る。この点について、呉立昌は新たな異性関係の可能性と考える。「水雲」の記述内容と深く結び付けて考える氏の分析は極めて精緻である(12)。

しかし、実際の沈従文は『従文自伝』に見られる従軍時代の体験からして、それまでの生活において、理性では制御し難い行為の数々を見聞していた。二〇年代より三〇年代初頭にかけて彼の作品に見られる大胆奔放な、或いは野性的な人物像の提示には、偶然と必然の分かち難い世界において命を賭け生活の安定など度外視して行動する人間への共感や注視が有る。そのような世界は、生活の平和と幸福には必ずしもそぐわない。

沈従文の想像力は瞬時に時空を超えて駆け巡り、人間のあらゆる行為に好奇心の視線を投げかける性格を持っていた。張兆和との結婚は、それまでの経歴からすれば、彼に全く別の人生の局面を開くこととなった。その際に「深い思慮」の結果として、古器物に対する嗜好が選択されている点は重要であろう。

作者は、彼が古器物に嗜好を持つようになった契機を次のように書いている。

特に彼女を簡単に傷付けたのは、人生を熱愛し、幻想にふけり、実際を無視する性格であって、その性格は彼個人の仕事の上では何ほどかの成就をもたらしたものの、家庭生活の面では救いようのない弱点となった。彼はその欠点を事前に察知していたから、結婚に備え、相手の感情に適応するため、自己改造が必要と考えた。自己改造する具体的な方法は、個人の主要な仕事を棚上げにして、嗜好を変え、個人の幻想の発展を制止する事だった。趣味にふけるあまり志を見失う玩物喪志の喩えは分かっていたが、ちょっとした器物類を集めてやろうと思い立ち、この結果、家庭は幸福の度合いを増した。結婚後、彼は彼女が以前よりよく分かるようになり、彼女が「長所は留め、短所を捨てる」ように彼に望んでいるのを知った。彼女の年齢では「人間の性格は、ある一面での長所は、別の一面では短所そのものとなる」のがまだ理解できない。(13)

「主婦」において、筆者が最も気掛かりに思う点は、概ねこの一段落に収束するであろう。育ちが違い、性格が異なり、年齢も離れている二人の男女は、結婚により子供をもうけはしても、互いによく理解し合うのは難しい。作者はこの事実を念頭に置きながら、なおも互いの愛情を認め合って二人の関係性を作品化している。

彼の「自己改造」から出て来る言葉としては、翼を切り落とすという表現が作中に三箇所現れる。

(一)高く飛ぶ気持ちがない以上、翼はハサミで切り落とすべきだ。(構成場面七)

(二)三年が過ぎた。彼は瓶を割った夢を見て目が覚め、蒐集した小皿や小鉢を数えるともう三百個近い数になっていた。それらは彼の魂を抑える砂袋であり、彼の幻想をはさみ切るハサミだった。(構成場面九)

(三)最後に物質への嗜好でもって自らの翼を切り落とす行為に考えが及び、三年来のわずかながら自分から人に合せる生活、また、古人が「跛者不忘履」と言った如く、情感の上では常に意外なものと戦わなければならないことなどを考えると、頭が次第に混乱してきた。(構成場面九)(14)

これらの例に見える翼に関する言葉は、いずれも幻想の翼を切り落とすという比喩を短縮したものであると考えられる。

右記の引用（三）に続き、彼は部屋の外に出る。その直後の描写は、幻想の翼を切り落とすという思考と対比すれば、如何にも重要であろう。

見渡す限りの青空をじっと眺めると、情緒は限りない彼方へ遊泳を開始し、過去、未来、そしてあの虚空へと、どこであれ自由に行ける気がした。彼自身は一つの抽象なのだ。やがて自分でもぼんやりしてきたなと思いきや、葡萄の植栽の井戸辺に自分が立っていたのが分かった。一枚の葉を摘み取り、身近にいる彼女を思うと、葡萄と同じで、何と深く泥土に根付き、何と生活が実際に即しているのかと思った。何故か自分に対して憐憫の気持ちが湧いてきたが、それは憐憫と愛のないまぜになったものだった。(15)

この記述からすると、幻想の翼は彼にとっては如何に切り落とそうとしても無理なのである。すなわち、三百個近い古器物の収蔵をもってしても、想像の翼が羽ばたく時にはその飛翔を止めようがない。想像の翼の羽ばたきを作中の言葉で言いかえれば、情緒の遊泳、或いは抽象への飛翔となる。彼は、そのような方向性を内に秘めながら、もう一方では妻の大地に根差し実際に即した生命の貴重さも体感的に理解している。抽象への飛翔と大地への密着と、この両者の方向性は両立し難い矛盾と言うべきなのか。それとも或いはこの作中人物が有しているる才能の幅の広さと言うべきなのか。作品に結論が書かれている訳ではない。

再度、沈従文と物質文化の関係性の発展という視点に戻れば、小説に反映された結婚後、三年目の収蔵品が三百個近いという数字は、記憶に止めて良いであろう。現実の沈従文の生活に当てはめれば、一九三六年当時の数字となる。この翌年一九三七年には、日中戦争勃発にともない、彼は雲南へ向けて疎開の旅に出る。旅の過程で古器物に対する知見が飛躍的に増加する。そして、辺縁地帯における文化的古器物の残存分布状況について、彼は新たな幻想を抱き仮説を立てるほどになる。

七、終りに

「主婦」は書かれた時期からすると、沈従文の創作が成熟しきった晩期の作品であり、『湘行散記』の各散文が、それぞれ独特の着想によって表現技法に創意工夫がなされ、作者ならではの筆の冴えを感じさせるのと同様に、一九三六年当時の沈従文が才能のすべてを注いだと考えられる短編小説である。この作品のいかにも沈従文らしい創意に富む表現技法については、すでに指摘したとおりであるが、夏志清はその文学史『中国現代小説史』（*A History of MODERN CHINESE FICTION*）においてこの小説を高く評価し、独自の磨き抜かれた文体はプルーストやトーマス・マンを想起させると考えている。[16] また、J・キンクレーが編集した英訳版沈従文作品説集"*IMPERFECT PARADISE*"にもこの小説は収録され、英語訳の冒頭に置かれた解説ではこの作品を、モダニスト沈従文が哲学的、かつ深い熟慮によって、現代生活の問題を反伝統的視点から取り扱った作品群の範疇に入れ、恋愛における異性への驚きと熱中状態が結婚生活により消失する問題や、人間存在における美の強い影響、偶然性、夢想の意味などの諸問題が作中に内包される点を指摘する。[17] この作品より九年後の一九四五年九月八日から九日早朝にかけて、沈従文は同じ「主婦」（以下「第二作」と呼ぶ）の題名で結婚記念の贈り物として短編小説を書いているが、作中の人物の言葉によれば、先の結婚プレゼントは十時間で書き上げることができたと言う。そのような短時間で集中的に書き上げたとは思えないほど、この一九三六年に書かれた小説は、確かに内容的に濃密さを感じさせ、繰り返し読み返しても一向に中だるみなど感じさせせない。

「主婦」の叙法と構造について記すと、先ず、碧碧の回想による彼女の内面意識に映じた彼の人物像と結婚生活に関する認識が、全体のほぼ七十パーセントの字数を占める比率で語られる。残りの部分で、結婚三年後の、現在における彼の内面意識から見た自分と結婚生活に対する認識、次いで、現在の碧碧の内面意識から見た同様の認識が語られ、最後に二人の結婚記念日の朝の状態が統合的視点から述べられる。作品を受け取った張兆和にとって、これは自身への芸術的な賛美の表現を透かして、夫がどのように結婚生活を認識しているのか理解するための材料となったはずである。一方、作者の沈従文にとってこの作品の執筆は、第二作中に見える「私」の回億からすると、張兆和との出会いと結婚生活の印象を、自分の生命内部に留めようと試みた一つの行為であり、都会に出てきた田舎者、すなわち彼自身が、野蛮な魂を秘めながら文化人として生きる上で、是非とも必要な教育であった(18)。

この作品の魅力について言うと、「主婦」は作中の人物と出来事が、ほぼ、そのまま執筆時現在の作者と配偶者を髣髴とさせるユニークな形態で書かれ、回想体により現在と過去が巧みに交錯し、人物の内面意識と思考が細密な心理描写により矛盾を含めて浮かび上がる。このような点において、「主婦」は沈従文の短編小説「ランプ」(一九三〇年)の複雑な多層構造に通じるような面白さがある。

「主婦」を九年後の第二作と合わせ読めば、二編の「主婦」の間には構造的には歴然とした個性の差がある。第二作中の「私」は、徹夜をしながら翌朝までに小説を完成しようとするものの、一向に考えがまとまらず、遂に書けない。その執筆が進まない状況自体を、雲南省昆明の自然を背景に、生長する息子たち二人を加えた家族の生活とからめて仕上げたのが第二作である。「主婦」第一作のような手の込んだ構造性は第二作には認められないが、抗日戦争終結後の「私」と「主婦」の家庭生活が、「私」の執筆における奔放な夢想の問題も含めて描かれ、捨て難い味わいがある。

第一作に話をもどすと、人生を熱愛し幻想に富み実際を疎かにする彼は、先に見たように自己を改造するため、骨董趣味をハサミとして精神の翼を切り落とす道具にしようとするが効果はない。ところで、ここでは骨董趣味がハサミと比喩的に称されている点に注意したい。字義どおりにこれを受け取れば、骨董趣味は精神の本来的な自由を束縛し、想像性を抹殺する道具と解される。しかし、それは全く重く深刻な意味合いで書かれているのであろうか。或いは、自分の打ち込む趣味的な一種の道楽について、弁解の気持ちが含まれている可能性は多少なりとも有るのではないのか。「主婦」の語り口には時に多義的で複雑微妙な含みが有るように感じられる。双関語の使用はそれを示す一例と考えられ、第二作でも使用されている。

後々の沈従文の人生からすると、骨董趣味はやがて彼の本業となる。すでに述べたように、沈従文が雲南へと疎開し、日常生活用品の中に古代の遺制を見出し、独自の仮設を着想し、多数の籐製品や陶器、漆器の蒐集を開始するのは「主婦」の執筆時からさほど離れてはいない。沈従文の思考によれば、古器物には、時空を隔てた人々が、有限の生命の時間において感じた美を、別の人間の生命に伝えようとする願望が込められている。物質化された物に生命の夢想や超越の願望を見出そうとすることは、人間の生命や自然の物象に美を感じることと同様に、この豊かな感受性をもった小説家を抽象の世界へ導いたのではないのか。

「主婦」の場面（9）で、彼は夢の中で瓶を割って目が覚める。この表現は象徴的であって、割れたのは瓶だけではなく、骨董趣味による自己改造の破綻が人物の潜在意識から表面化したものとも受け取れよう。骨董趣味は結局、想像や幻想の翼を切り落とすためのハサミとはなり得ない。想像をやや逞しくすると、逆にハサミ自体がこの小説では彼の内部で情動となり、すでに制御しがたい動勢を帯びている可能性がある。小説の想像への喚起性の豊かさはこのような連想に読者を誘う。

注

（1）『月報』第一巻第三期、一九三七、『沈従文全集八』三五一―三六四頁。
（2）『沈従文全集八』北岳文藝出版社、二〇〇四、三五一―三五二頁。
（3）「音を手がかりとして――『雪晴』の場合――」近畿大学語学教育部紀要、四―二、二〇〇四。
（4）『沈従文全集八』三五八頁。
（5）『沈従文全集八』三五二頁。
（6）『沈従文全集八』三五三頁。
（7）『沈従文全集八』三五三―三五四頁。
（8）『沈従文全集八』三五四―三五五頁。
（9）『沈従文全集一二』三三四頁。「黍離の思い」の黍離は、詩経王風、「黍離麦秀之嘆」（国が滅んで宮殿のあとがきびや麦の畑となったのを見て発するなげき）――角川『新字源』（一九六八）一一六四頁――が典拠。
（10）張充和「三姐夫沈二哥」『海内外』二八号、一九八一。
（11）『沈従文全集八』三五五頁。
（12）呉立昌「『人性的治療者』沈従文伝」上海文芸出版社、一九九三、一六二―一六六頁。
（13）『沈従文全集八』三五九―三六〇頁。
（14）『沈従文全集八』三六〇、三六〇、三六一頁。
（15）『沈従文全集八』三六一頁。
（16）*A History of MODERN CHINESE FICTION*, C.T.Xia,YALE UNIVERSITY PRESS,1971(second Edition),p.207.
（17）*IMPERFECT PARADISE, Shen Congwen*, UNIVERSITY OF HAWAI'I PRESS,1995,p.431.
（18）『沈従文全集十』「主婦」三一六頁

小論は近畿大学国際学部紀要二号、*Journal of International Studies* 2.（二〇一七）原載。論旨を明確にするために部分的に字句を改めた。

『従文家書――従文兆和書信選』「後記」(1)

六十数年が過ぎ、目の前の机に置かれたこの数組の文書と向かい合い、校閲を終えた今、私には自分がまだ夢の中にいるのか、それとも他人の物語を読んでいたのか区別がつき難い。これまで経験して来た事柄は荒唐無稽だが、しかしごく平凡のようでもあり、これが私たち一世代の知識分子が多かれ少なかれ、たどらざるを得なかった生活である。微笑が有り、辛い時も有った。穏やかな安らぎが有り、憤慨したりもした。そして、喜びが有り、身も心も引き裂かれる言い難い苦しみが有った。従文は私とともに暮して、この一生は果たして幸福であったのか、それとも不幸であったのか。答えは得られない。私は彼を理解できず、完全には彼を理解していなかった。後に少しずつ理解できるようになったとは言え、真に彼の人となりが分かり、彼が一生担い続けた重圧が分かったのは、彼の遺稿を整理編集する現在になってからである。昔、知らなかった事を、今になって知った。以前、分からなかった事が、今ようやく分かった。彼は完全な人間ではないが、稀に見る善良な人間だった。人を損得の目で見ず、祖国を愛し、人民を愛し、人を助けては喜び、成し遂げた成果をわが物とせず、質実素朴で、この世界の万物に対してあふれるばかりの感情を抱いた。

私が思うに、作家として、後世に残る一冊の本が有れば一生を無駄に過ごしたことにならない。彼の優れた作品は一冊などではない。紙屑の山の中から彼の遺作が次々に見つかる都度、たとえ小さな断片であれ、或いは、冒頭部だけであったり、末尾のみであっても、この人間の尊さが益々強く感じさせられる。遅すぎた。何故彼が生きていた時に、彼を発掘し、彼を理解し、各方面から彼を助けることができなかったのか。逆に、あのように多くの矛盾が解決されぬままになってしまった。後悔しても手遅れである。

謹んでこの書物を彼を熱愛する読者に捧げ、同時にまた私のささやかな心の足跡を表明するよすがとしたい。

一九九五年八月二十三日朝

張兆和

訳注

（1）『従文家書――従文兆和書信選』沈従文・張兆和著、沈虎雛編集、上海遠東出版社、一九九六年二月、三一九頁。

写真 24　北京沈従文家、張兆和、沈虎雛、沈紅（孫娘）一九九四年当時。

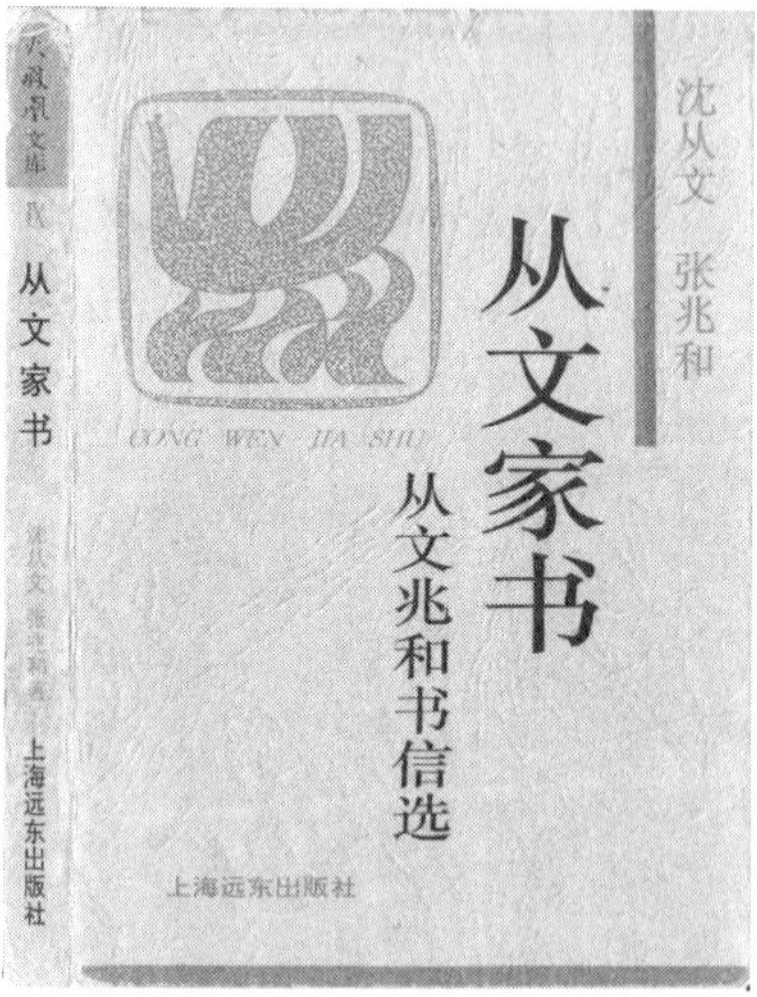

写真 25　『従文家書』（一九九六年）。『沈従文別集』（一九九二年）の編纂に続き、張兆和と沈虎雛により一九九六年に出版された。一九三〇年より一九六一年までの書信を収録。後、改版の都度、収録される書信の範囲は拡大された。

あとがき

福家道信

本書は沈従文『湘行書簡』（岳麓書社、一九九二年五月、湖南省長沙）の全訳である。『湘行書簡』には一九三四年に沈従文が湖南省鳳凰県の実家へ帰省した際、妻張兆和が旅行中の夫宛てに出した書簡三通、沈従文が妻宛てに出した書簡三十四通、沈従文が兄の沈雲麓宛に出した書簡一通、合計三十八通の書簡が収録されている。

翻訳に当たり底本としては、岳麓書社の初版を用いた。

ここに収録された書簡は、沈従文の散文集『湘行散記』（一九三六年）の原拠資料として前々よりその存在が知られていたが、沈従文の没後、家族の手で整理編集され、『沈従文別集』全二十冊が多数の未公開資料を収めて岳麓書社から出版された際、その第一冊『湘行集』に『湘行書簡』として収録され、一般の読者が読めるようになった。

沈従文の代表作としては中編小説『辺城』（一九三四年）と散文集『湘行散記』はともに有名であり、わが国ではともに小島久代氏の翻訳（『辺境から訪れる愛の物語』勉誠出版、二〇一三年、『湘行散記』好文出版、二〇〇八年）がある。本書はこの二冊の代表作の成立に深く関係する書簡集であるうえ、個々の書簡は散文表現としても優れ、また、一九三四年の沈従文の帰省旅行における思想深化、及び、妻張兆和に対する愛情表白が直接的に看取できる点で興味深い。『沈従文全集』全三十二巻（北岳文芸出版社、二〇〇二年、山東省太原）では、書信の部ではなく、『湘行散記』とともに散文の部（第十一巻）に収録されている。本書は沈従文に興味を持つ読者には、彼の人柄と思想を知る上で参考になる恰好の本なので、是非、手に取って読んでいただけたら幸いである。

本書の特徴の一点として、原資料に添えられた沈従文のスケッチ十三点を、初版本の体裁に倣い、沈従文の書簡とともに収録した。沈従文は秀逸な手紙の書き手であると同時に、絵心のあった人物で、旅の感動を妻に伝えるため、手紙のみならず彼はスケッチも描いた。彼のこのような側面については、従来、十分に注意されているとは言い難い。今回の翻訳では、初版本よりは拡大して収録することができたが、『沈従文全集』のように原画のクレヨン描き資料をカラー印刷するには至らなかった。本書が原資料の持つ雰囲気の一斑なりと理解するうえで役立てばと思う。

本資料が公開された一九九二年は、沈従文没後四年目に当たり家族が『沈従文全集』出版を決定し、張兆和が主編に任じた年である。岳麓書社の二十冊本『沈従文別集』の出版は家族のこの動きと軌を一にしている。『湘行書簡』を含む『湘行集』は表紙カバーを見れば二十冊中の先頭の位置に置かれており、実際、書店を通じ予約していた訳者の手元に届けられた最初の一冊は、この『湘行集』だった。『湘行集』の中身の前半は当時、初公開の本書であり、後半は『湘行散記』となっている。遺稿整理の成果を世に問う最初の顔見世だったのではと想像される。新書版サイズのこの作品集には各冊とも冒頭に張兆和の序文が「総序」の名で収録されている。故人に対する彼女の年来の思いが現れた一文と思うので、本書ではその訳文を書簡の前に配置した。

また、本書の理解のために附録として、沈龍朱『湘行地図』、主要登場人物、訳者による解説、及び近刊論文、『従文家書』「後記」（張兆和）の五点を添えた。巻末には索引も付した。ご参考いただきたい。

本書の翻訳原稿は雑誌『火鍋子』四十二号（一九九九年）以降、四十三、四十八、五十一、五十三、五十九、六十、六十一、六十二、六十四、六十六、六十七、六十八各号に十三回にわたり連載発表したものをもとに、大幅に手直だいた。

しを加えた。同誌の編集者、谷川毅氏には、終始翻訳の進行を励まし、写真資料や地図の同時掲載を助言していただいた。

『火鍋子』での発表に当たり、沈従文の二男沈虎雛氏を通じて版権者である長男沈龍朱氏に翻訳の許諾をいただいた。本書の出版に際し、さらに沈龍朱氏に挿絵のデータ資料を提供していただき、沈龍朱氏作成の『湘行地図』の本書への掲載も氏から同意を得た。この地図は沅陵出身の研究者、糜菱華氏が雑誌『湘西　沈従文研究』第三号（白帝社、二〇〇一年）に投稿した手書き地図が原資料になっている。

本書中の沈従文の鳳凰方言による訛り、苗族に対する呼称、沈従文の旅行経路などに関しては吉首大学沈従文研究所向成国氏から貴重な教示を受けた。

本書の出版に関して明海大学小島久代氏より多岐にわたる助言をいただいた。

最後に、白帝社、岸本詩子氏には本書の出版に際して助言と労力を惜しまず支援していただいた。岸本氏のお世話がなければ、期限内での出版は到底考えられない。

以上の各氏に加え、湘西の会の会員諸氏をはじめ、多くの方々に助言と協力をいただいた。改めてこの場でお礼を申し上げたい。

本書に指摘しうる誤訳、認識不足の点はすべて訳者の責任である。お気付きの方には御教示いただきたい。

本書は平成二十九年度、近畿大学学内研究助成金制度（刊行助成）による出版である。

人物・地名・事項索引

配列は五十音順。中国語も日本漢字音で配列した。
アルファベット表記のものは最後にまとめた。

[た]

[な]

[は]

作者紹介

沈従文

1902年生まれ、1988年病没。現代中国の小説家、文化史研究家。本名、沈岳煥、中国湖南省鳳凰県（現在湘西土家族苗族自治州内）出身。1924年より1949年まで小説家、雑誌編集者、大学教員（西南聯合大学、北京大学）、のち中国歴史博物館、社会科学院で文化史研究に従事。代表作、中編小説「辺城」（1934年）、散文集『湘行散記』（1936年）、自伝『従文自伝』（1931年）、短編小説「月下小景」（1932年）「会明」（1929年）、『中国古代服飾研究』（1981年）など。1988年ノーベル文学賞候補。生涯の業績は『沈従文全集』全32巻（2002年）にまとめられている。

張兆和

1910年生まれ、2003年病没。安徽省合肥の名家に生まれ、蘇州で育つ。父親の経営する楽益中学より、南京曁南大学中学女子部を経て、上海呉淞の中国公学に進学、沈従文と出会い1933年に結婚。以後、終生、沈従文を支え続ける。高い教養により図書館員（青島大学）、中学高校教師、人民文学編集員などの経歴をもつ。夫の没後は二男沈虎雛とともに沈従文の遺稿を整理、膨大な分量の未発表資料を『沈従文別集』（1992年）、『従文家書』（1996年）、『沈従文全集』（2002年）の編集出版により公開。自作の短編小説集に『湖畔』（1941年）がある。

訳者紹介

福家道信

1951年生まれ。大阪外国語大学大学院修士課程修了。中国現代文学、沈従文研究、翻訳。近畿大学国際学部教授。論文「沈従文の見果てぬ夢」『現代中国』84巻（2010年）、「鳳凰県的印象和沈従文研究的幾縷思緒」『沈従文的鳳凰城』（北京、中華版書局、2007年）他。翻訳『記丁玲（正・続）』（VIKING319~339、VIKING CLUB 神戸、1977年～1979年）。

沈従文『湘行書簡』―沅水の旅

2018年3月23日　初版印刷
2018年3月30日　初版発行

沈従文・張兆和 ―― 著者
福家道信 ―― 訳者
佐藤康夫 ―― 発行者
白 帝 社 ―― 発行所

〒171－0014　東京都豊島区池袋2－65－1
TEL：03-3986-3271　FAX：03-3986-3272
http://www.hakuteisha.co.jp

モリモト印刷㈱ ― 組版・印刷・製本　トミタ制作室 ― 装丁

Printed in Japan ISBN 978-4-86398-300-7